지층거주자
: 반지하로부터의 수기

지층거주자

: 반지하로부터의 수기

틀 세종마루

철자
만화

※주의!

**이 작품에는 다리를 두 개 이상 가진 생물들에 대한
지속적인 묘사와 정신적, 물리적 상해 및 살해,
폭력적 묘사가 포함되어 있을 수 있습니다.**

**위의 소재에 취약하시다면 열람 전 충분한
심호흡과 수분 충전 및 휴식을 권장합니다.**

*본 작품에 등장하는 인물, 이름, 집단, 사건은 모두 허구이며
실제 사건과는 아무런 관련이 없습니다.

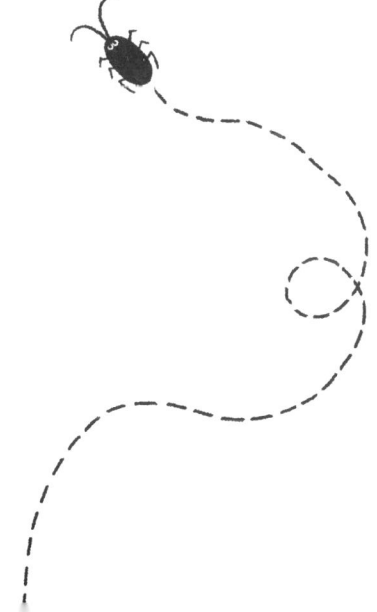

목차

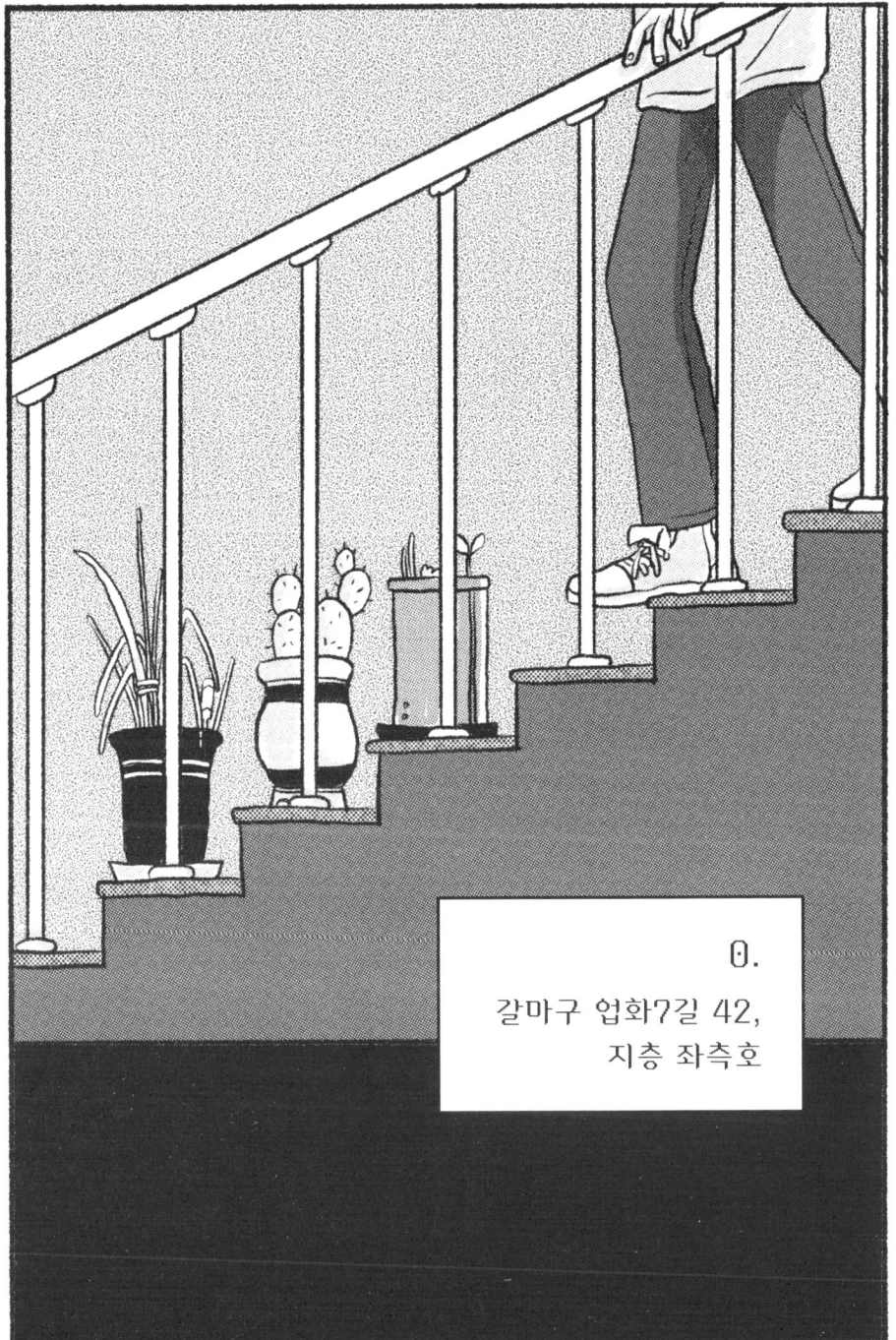

0.
갈마구 업화7길 42,
지층 좌측호

세상의 눈높이에서
반 층 밑,

지각과 대기권에 반씩 걸친
이 경계의 공간에는
주민등록등본에 기재되지 않은
다양한 거주민이 공존한다.

출생과 동시에
존재를 신고해야 하는 국가에서는
새삼 이례적인 일이다.

타자.

결국은, 흰 벽지 위에서
무례한 눈빛으로 존재감을 과시하는
검은 타자를 마주하게 되는
순간이 오기 마련이다.

천장이건,
침대 틈이건,
옷장 밑이건,

끊임없이 반복되는
'나'에 대한 침범은
말 그대로 전쟁과도 같다.

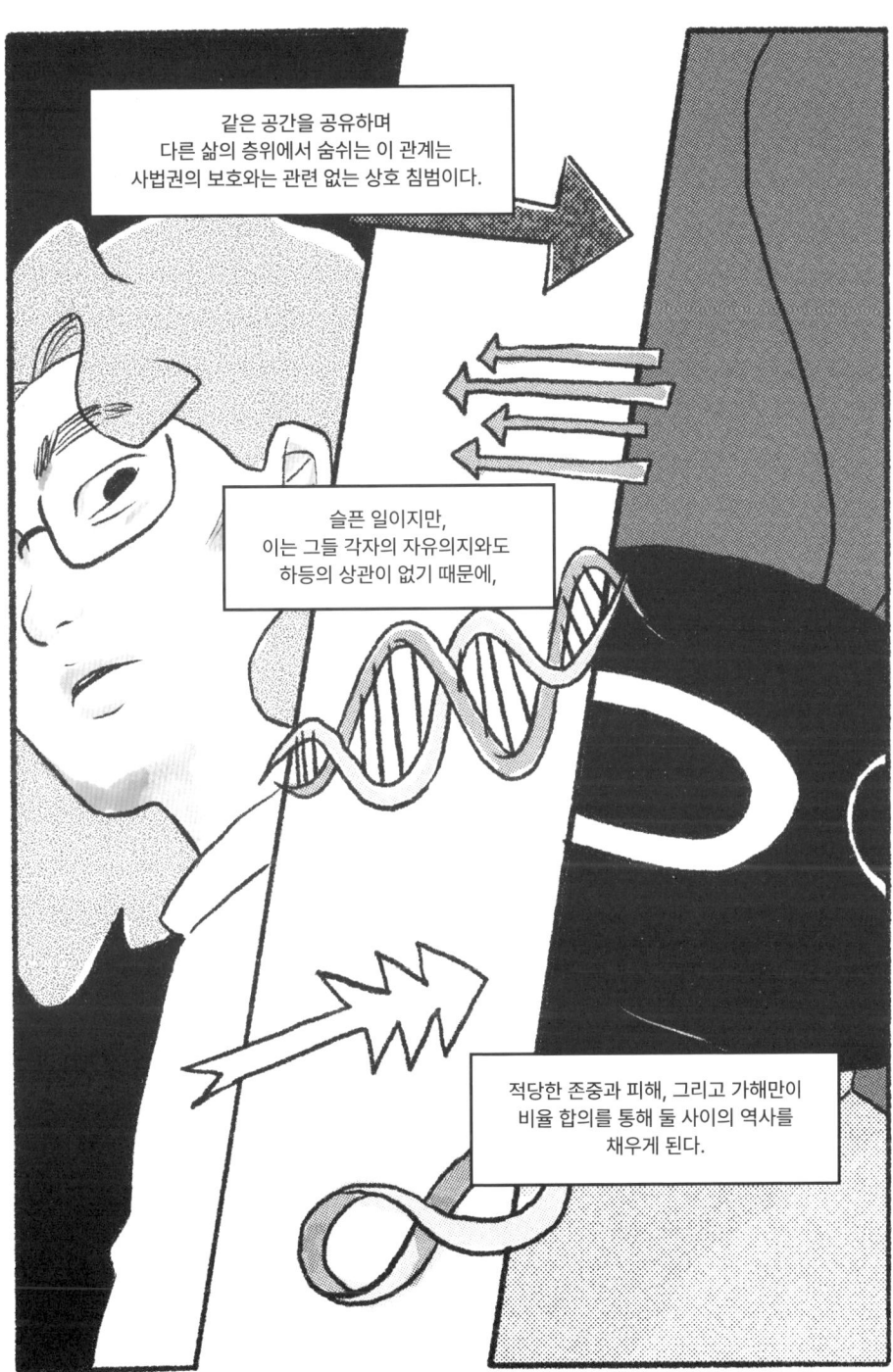

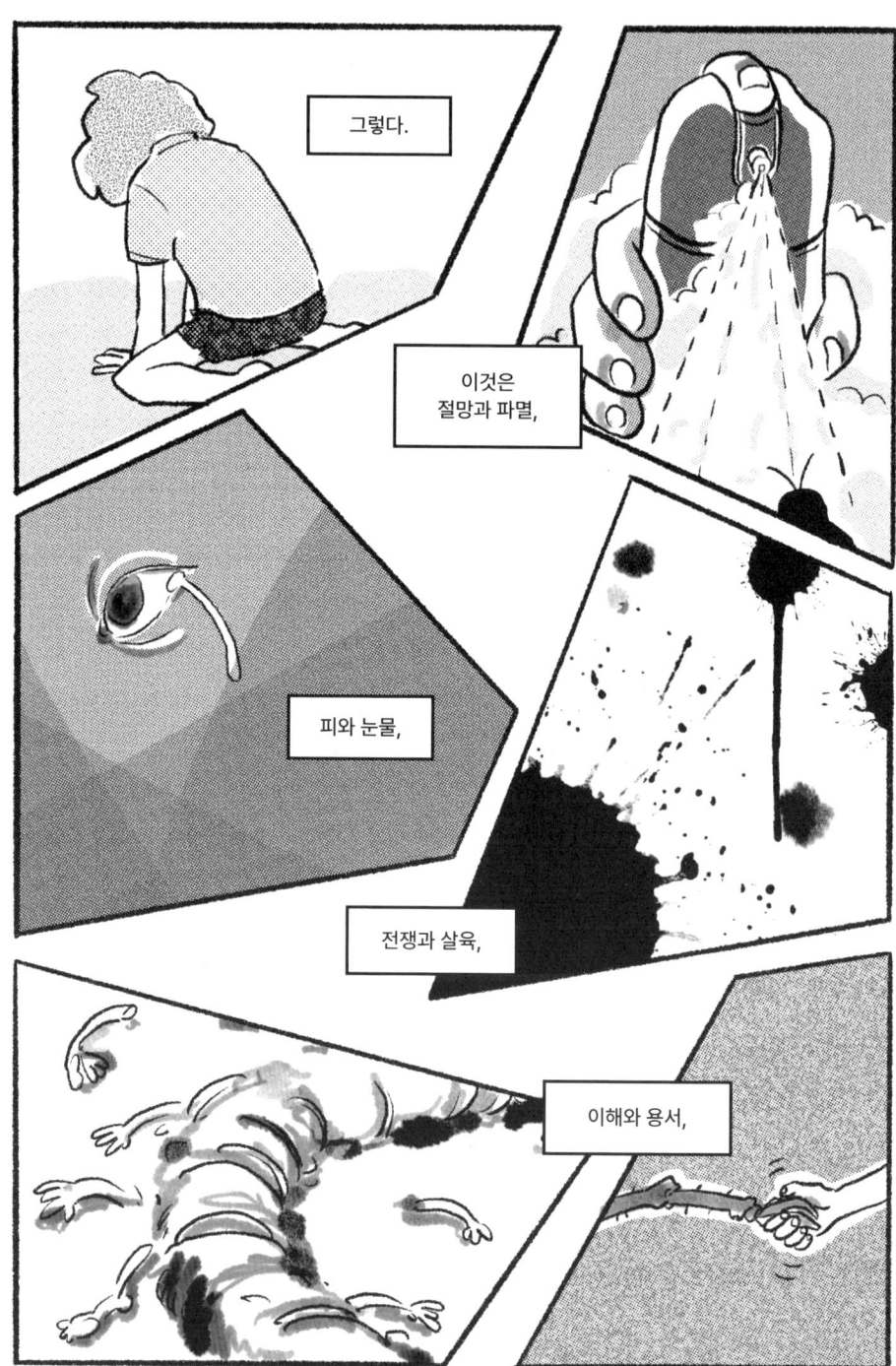

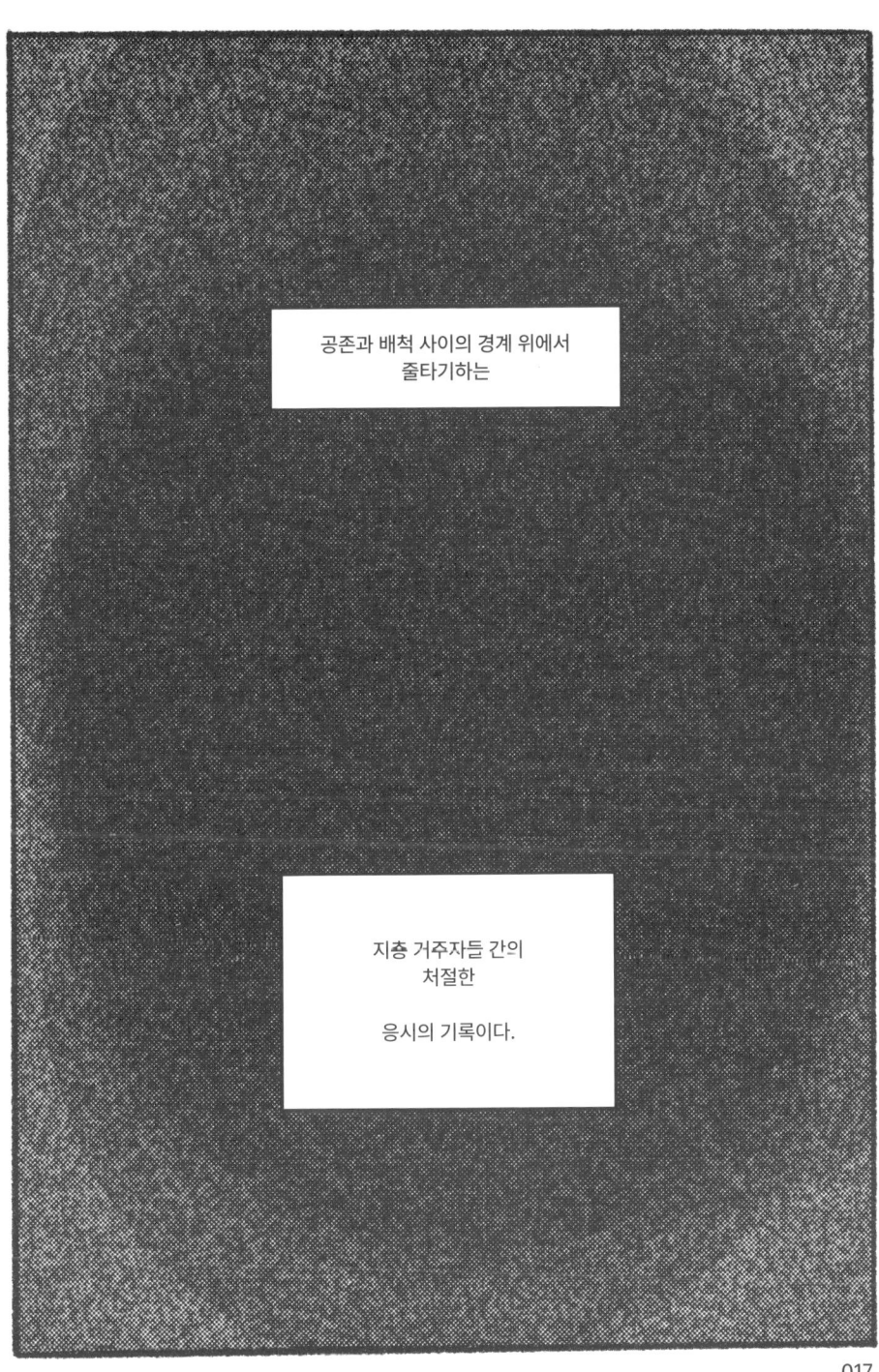

공존과 배척 사이의 경계 위에서
줄타기하는

지층 거주자들 간의
처절한

응시의 기록이다.

문서확인번호: 1.2 5.51 2

주 민 등 록 표
(등 본)

이 등본은 세대별 주민등록표의 원본 내용과
아우상과 같음을 증명합니다.
담당자: 강감명
전화: 02-1234-567 8
신청인:
용도 및 목적:
2021년 00월 00일
서울특별시 갈마구청장

세대주 성명(한자)	김파자		세대구성 사유 및 일자	전입 2021'...	발생일/ 신고일 변동	사유
	주 소				2021-11-12	2021-11-12 전입

현주소 서울특별시 갈마구 엽파 크린 42 자동 과국로

= 공 란 =

번호	세대주 관계	성 명(한자) 주민등록번호	발생일/신고일 등록상태		변동사유
1	본인	김파자 000000-0xxxxxx	2013-01-10	2021.02.31 거주자	전입

= 이하 여백 =

1.
등록되지 않은 거주민입니다

서울특별시 갈마구청장

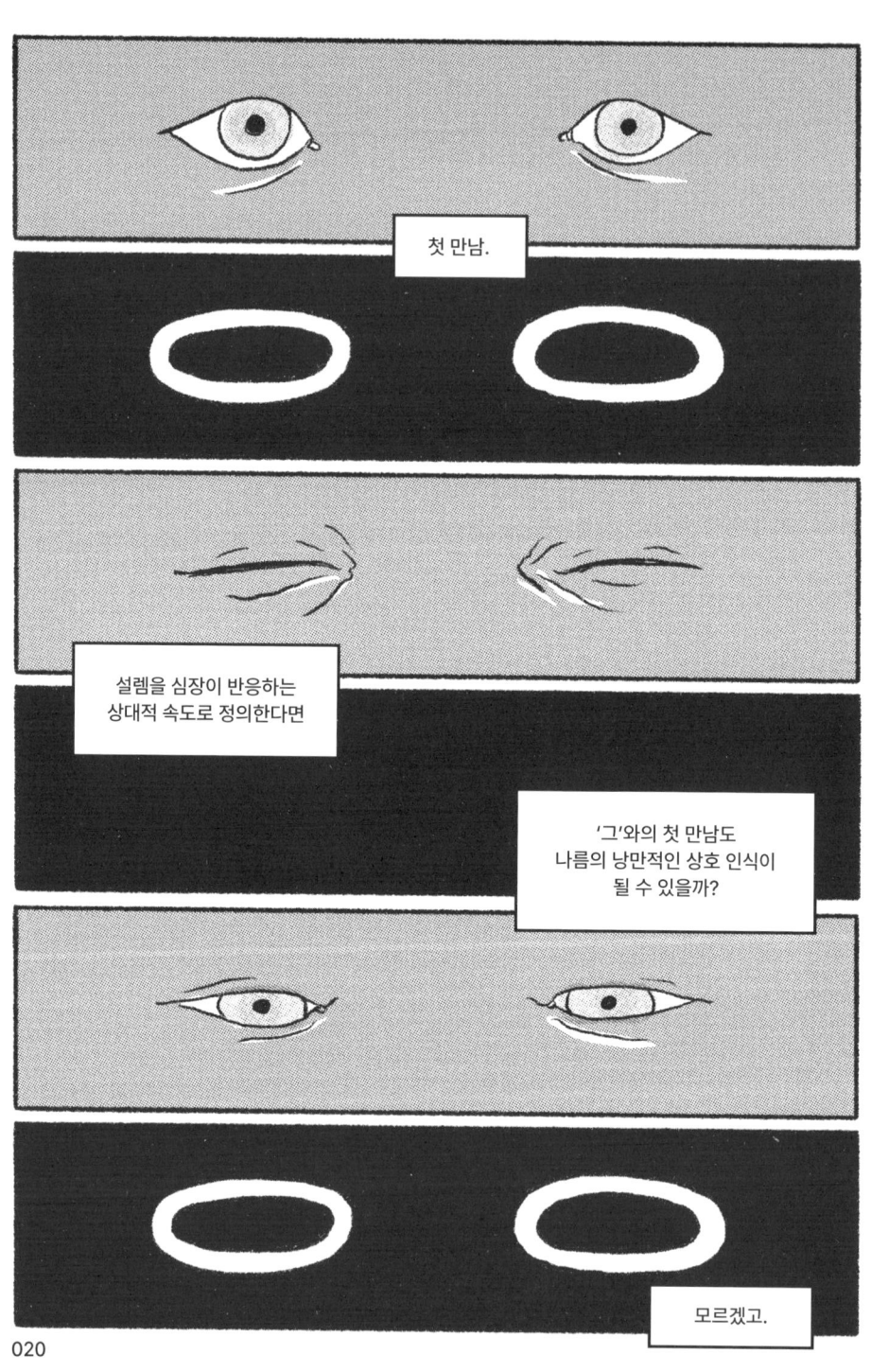

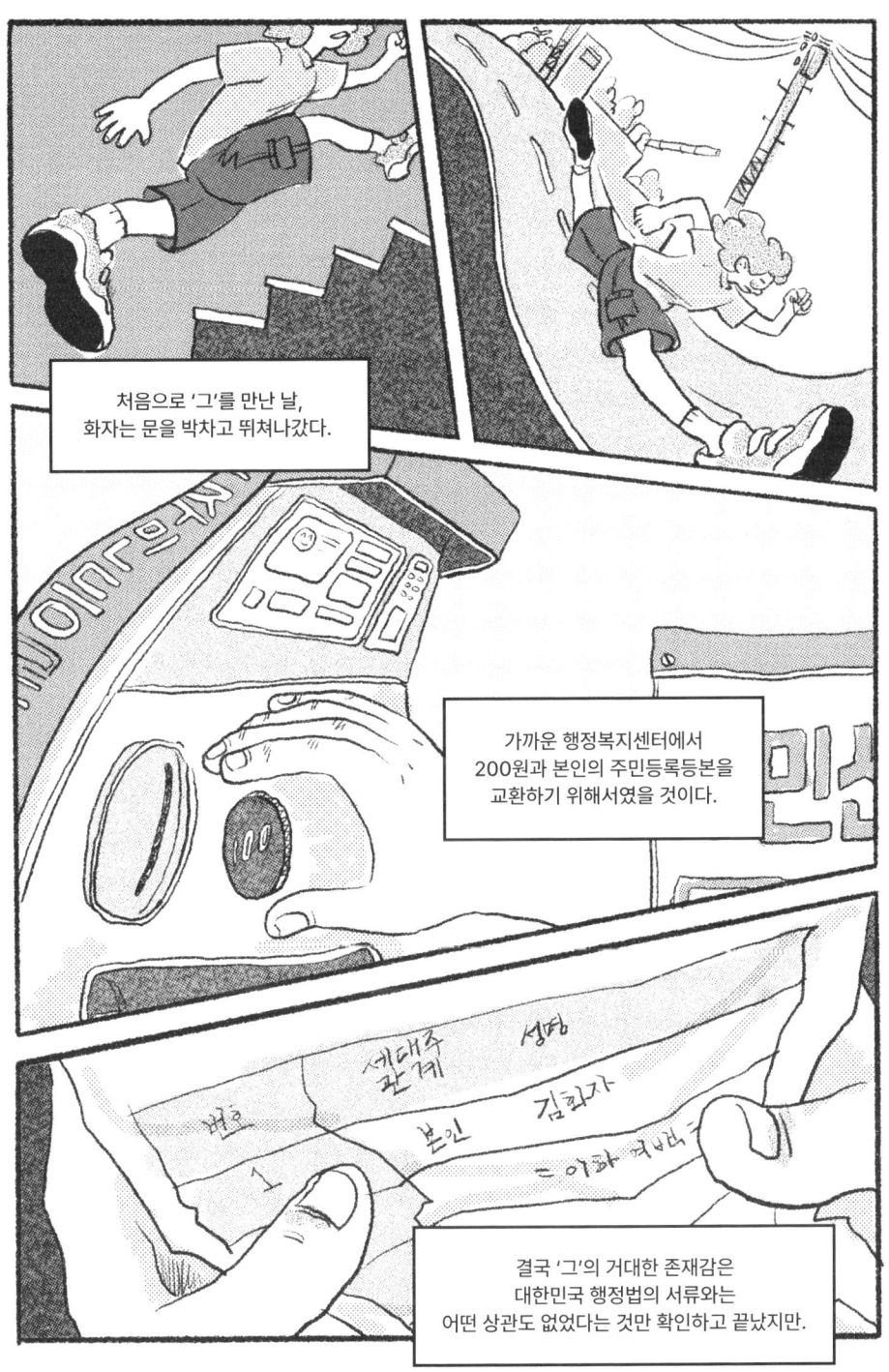

처음으로 '그'를 만난 날,
화자는 문을 박차고 뛰쳐나갔다.

가까운 행정복지센터에서
200원과 본인의 주민등록등본을
교환하기 위해서였을 것이다.

결국 '그'의 거대한 존재감은
대한민국 행정법의 서류와는
어떤 상관도 없었다는 것만 확인하고 끝났지만.

집으로 돌아가는 길이 멀었다.

'우리'를 포괄하는 삶의 공간은 넓고,
그 안엔 다양한 숨소리가 존재한다.

팔랑

까악-

부아앙

숨소리뿐이겠어?
웃음소리, 숨 넘어가는 소리, 헛소리…

나-

도시는 끊임없이
우린 혼자가 아니라는 걸
상기시킨다.

위응위응

컹컹

그러나, 내 공간에 합의되지 않은 누군가가
함께 살고 있다는 사실은
장르로 따지자면 공포영화에 가깝다.

어두운 틈새엔 무언가 있을 것만 같고,
고개를 돌리면 누군가 쳐다보고 있을 것 같고,

곧 누구 하나 시체로 실려나가도
놀랍지 않을 것만 같은… 느낌.

그리고 그런 공포감은 종종 신념을 배반하게도 하지.

이를테면, 손에 피를 묻히는 일 같은.

하지만 이것은 엄연히 화자의 공간인데,
굳이 소송을 걸자면 이건 침범해온 '그'의 죄가 아닌가?

그렇잖아, 뭐더라, 그…

그래,
정당방위라던가.

정말로?

온전히 인간의 것으로 여겨지는 땅 위의 공간, 그보다 조금 아래에 지층이라는 층이 있다.

경계의 공간임과 동시에 가장 땅과 가까운 곳이다.

이곳에는 원래 거주자들이 있었다.

도시라는 이름으로 인간들이 엉덩이 붙일 공간을 찾아 하늘과 땅을 파고들기 한참 전부터 원주민들이 있었다는 이야기다.

이쯤 되면 화자는 어쩌면 주거침입을 한 것은 자신일지도 모른다는 생각과 마주하게 된다.

그러니까 이게 정당방위가 아니라는 거지?

사실 별 의미없는 얘기다.
정당방위든 아니든, 민사든 형사든,
패소하든 유죄든, 주거법과 잔고의 법에 따라
화자는 최소 2년 이곳에 살아야 한다.

물론 합법적 거주자가 아닌
다른 주민들도 함께.

그러니까, 세스코를 부르면
될 게 아니냐고?

하하.

물론 돈으로
막을 수도 있고,
직접 메꿔도 되고.
방법이야 많다.

화자는 어떤
선택을 했을까?

앞서 설명했듯이 반지하는 원형교차로와 같아서
어디서든 침입해 어디로든 나갈 수 있는 마법의 공간이다.
모든 구멍을 찾아 틀어막는 것은 난이도가 상당하다.

바로바로   마인드 컨트롤.

별 거 없다.

나 편하자고 눈 밖에서 벌어지는 학살을
외면할 깜냥도 없는 주제에
방비를 위한 꼼꼼함과 에너지를
갖추지 못한 인간의
촌년적 호방함을 위시한 가오.

뭐 그런 과정을 거쳐 나온 결론은
함께 살지 못할 거라면, 싸워서 이겨라.
류의 배틀로얄이다.

고로, 화자는 이 지층 좌측호라는 공간을
파이트클럽으로 만들어 버리기에 이른다.

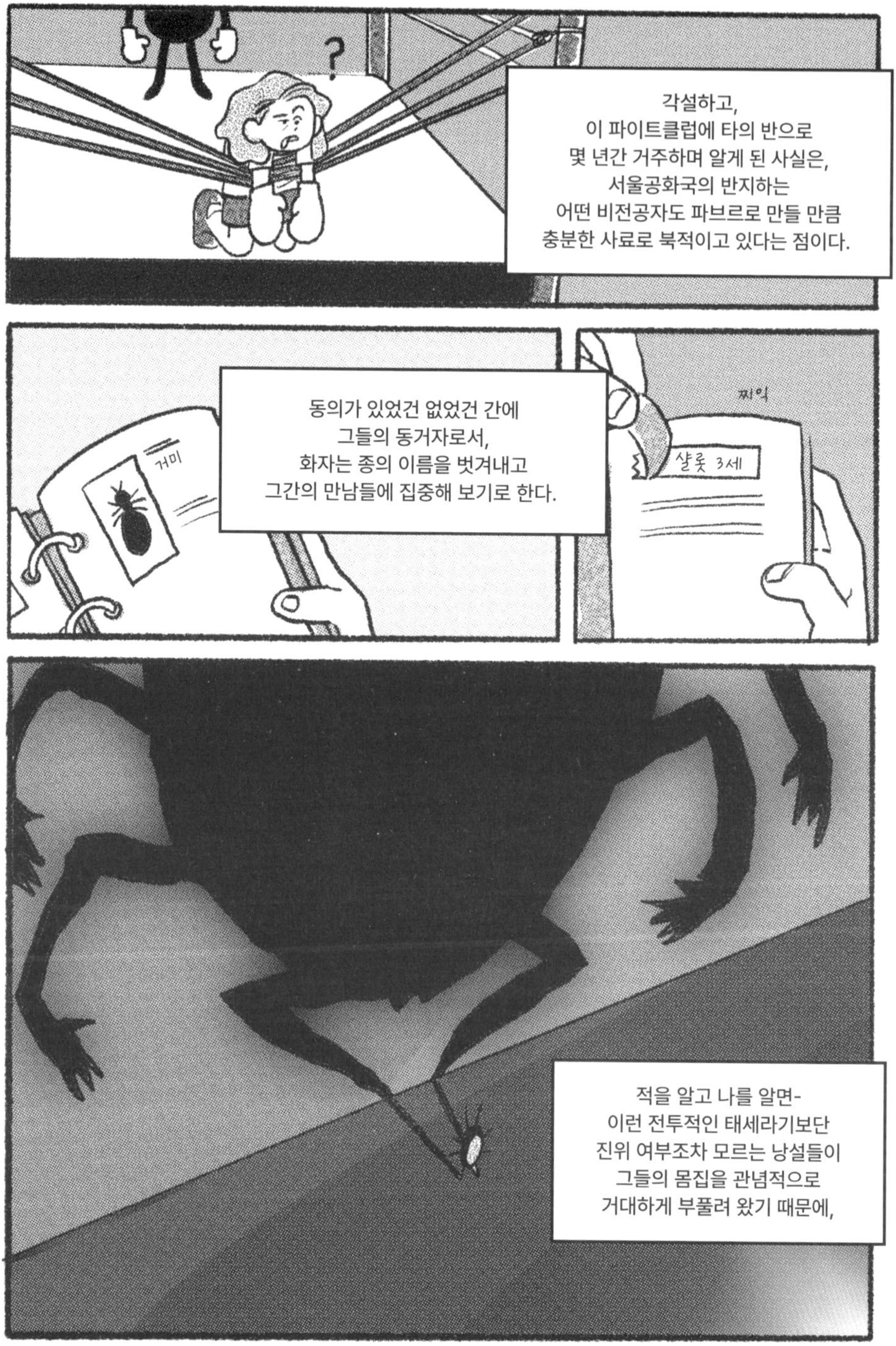

각설하고,
이 파이트클럽에 타의 반으로
몇 년간 거주하며 알게 된 사실은,
서울공화국의 반지하는
어떤 비전공자도 파브르로 만들 만큼
충분한 사료로 북적이고 있다는 점이다.

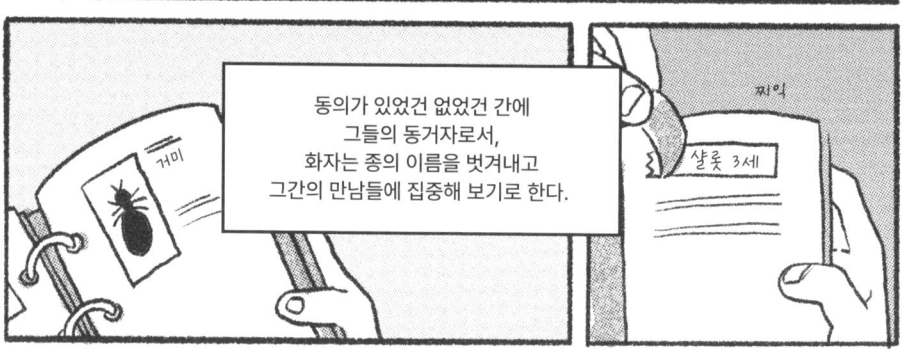

동의가 있었건 없었건 간에
그들의 동거자로서,
화자는 종의 이름을 벗겨내고
그간의 만남들에 집중해 보기로 한다.

거미

찌익

샬롯 3세

적을 알고 나를 알면-
이런 전투적인 태세라기보단
진위 여부조차 모르는 낭설들이
그들의 몸집을 관념적으로
거대하게 부풀려 왔기 때문에,

몇 살?

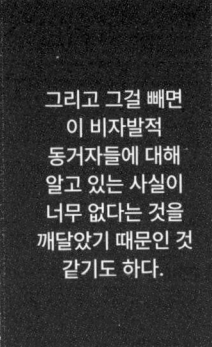

그리고 그걸 빼면 이 비자발적 동거자들에 대해 알고 있는 사실이 너무 없다는 것을 깨달았기 때문인 것 같기도 하다.

커피 좋아해요?

우리는 모두 언젠가 서로의 삶에 대한 침입자였지 않은가?

관용을 잠시 발휘해, '그것들'을 잠시 걷어내고 '나'와 '너'였던 순간을 위주로.

2.
긴 아이컨택은
유대감을 쌓는 좋은 방법입니다

사랑에 빠지는 시간,
단 3초!

그에게
인상적인 만남을
선물하세요!

여름밤이었다.

꿉꿉하구만...

습기에 절어 서식지로 돌아가기 위해
가파른 언덕을 오르던 화자는
집 앞 맨홀 뚜껑 위에서 운명적 만남을 갖게 된다.

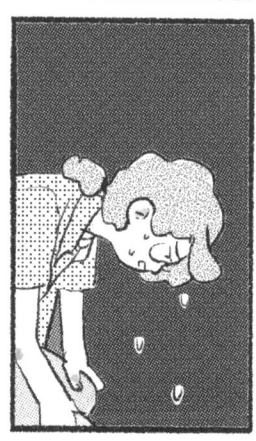

말 그대로 심장이 떨리는 첫만남이다.

돌이키면 만남이 아닐 수 있었던 것도 같다.

옷깃(꼬리깃,더듬이깃,뭐가 됐든)만 스치고 지나갈 수 있었던 것을 인연으로 만든 건 오로지 그의 의지다.

어두운 골목길, 낮은 조도의 가로등 빛 아래서 그는 오르막을 오르느라 지친 인간의 눈길을 끌길 굳이 택했다는 것이다.

길고양이와 오랜 시간 눈을 마주치는 것은 유대감으로 이어진다고 했었던가?

그게 육족생물과의 만남에도 해당되는 복선일 줄은 몰랐지.

마치 첫눈에 반하는 로맨스 영화에서처럼, 이 순간은 1초 같기도, 천 년 같기도 하다.

길냥이가 집냥이가 되는 **도시미담**처럼
며칠 지나지 않아 이 운명적 만남은

야옹이로다

골골이로다

화자에게 **도시괴담**으로 돌아온다.

다녀왔도다.

고된 하루였도다...

딸깍

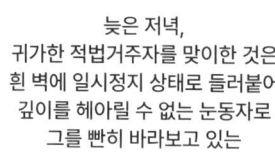

늦은 저녁,
귀가한 적법거주자를 맞이한 것은
흰 벽에 일시정지 상태로 들러붙어
깊이를 헤아릴 수 없는 눈동자로
그를 빤히 바라보고 있는

집바퀴가 되고 싶은 **길바퀴**였다.

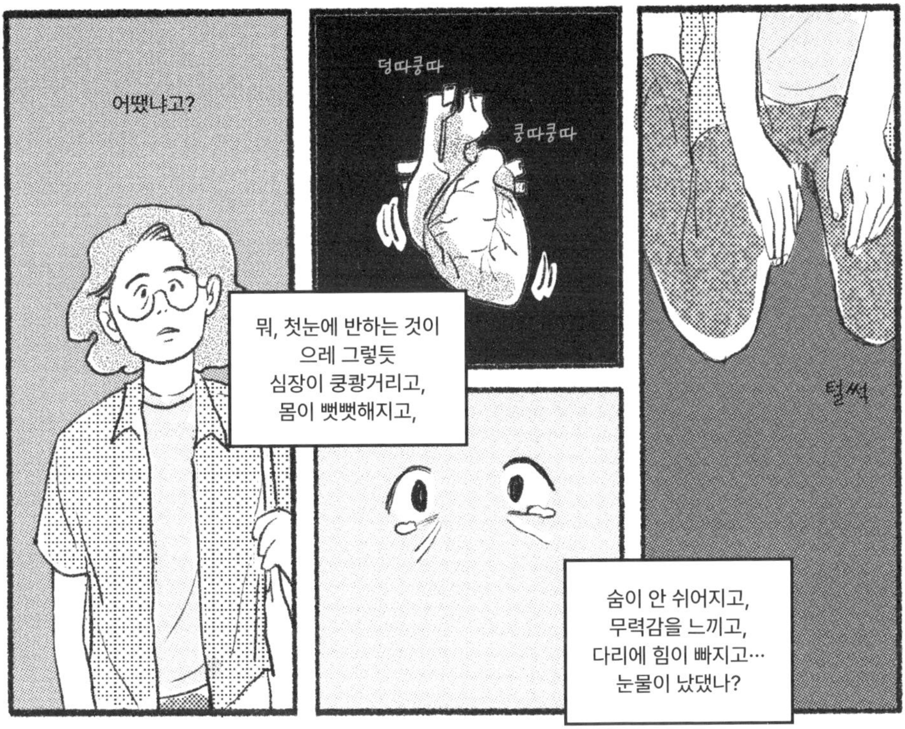

어땠냐고?

덩따쿵따

쿵따쿵따

뭐, 첫눈에 반하는 것이
으레 그렇듯
심장이 쿵꽝거리고,
몸이 뻣뻣해지고,

털썩

숨이 안 쉬어지고,
무력감을 느끼고,
다리에 힘이 빠지고…
눈물이 났댔나?

모든 걸 외면하고 집 밖으로 뛰쳐나가고 싶은 기분이었을 것이다.

올 것이 왔구나, 하는 직감.

그도 이전의 만남에서 무언가
떨림을 느꼈기에 따라온 것이겠지.

배경이 날개라는
말이 있던가.
(없다.)

흰 벽지 위의 그는
어두운 아스팔트 위의 자태와
차원이 다른 압도감을
자랑했더랬다.

이후의 순간들은 빠르고 흐리게 흘러간다.

영겁같은 패닉을 끝마치고
머리를 스치고 지나가는
낭설들 중 쓸 만한 걸 골라잡는다.

뒷걸음질로
한 손에는 무기,

더듬

연결된 시선을
끊지 않는 것은 중요하다.
잠시 시선을 돌렸다가
그를 잃어버린다면
필연히 밤이 길어질
것이기 때문이다.

한 손에
방어구를
장착하면
준비 완료다.

마지막,

한숨을 기합으로

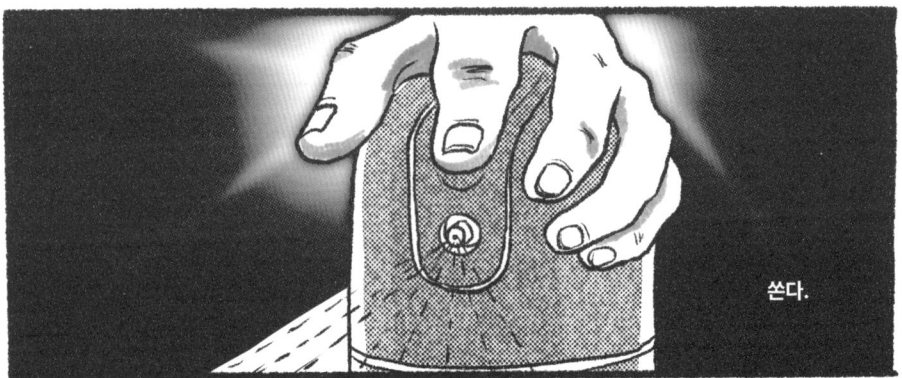

쏜다.

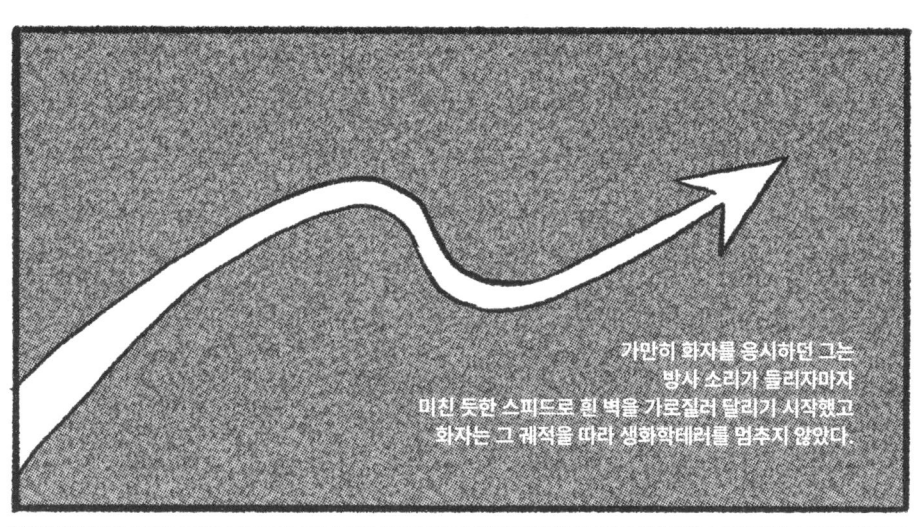

가만히 화자를 응시하던 그는
방사 소리가 들리자마자
미친 듯한 스피드로 흰 벽을 가로질러 달리기 시작했고
화자는 그 궤적을 따라 생화학테러를 멈추지 않았다.

난전 후의 지침 때문인지
결국 숨이 모자랐던 그는
툭, 바닥으로 떨어졌고
(그 쿵 소리가 지축을 울렸다는
역사적 기록이 남아 있다.)

생존자는 혹여나 기절한 그가
움직일까 두려워 수의로
돌돌 싸맨 후 적이 수장당하는
마지막 모습을 지켜보았다.
(돈 비 백…)

진짜 문제는 지금부터.

그가 떠난 방에 홀로 앉아
긴긴 밤 내 이 경악스러운
경험을 되새기는 것은
오로지 남겨진 자의 몫이기 때문이다.

그가 혼자가 아니면 어떡하지?
이미 수많은 그들이 이 집 안에 있다면?

아니, 과연 죽긴 한 걸까?
하수구에서 복수의 칼을 갈고
다시 올라오진 않을까?

가라앉지 않은 심장과
검은색에 대한 PTSD로 꽉 찬 채
화자는 그 밤을 뜬눈으로 지새운다.

격동의 20분이
그에겐 마치 생사가 오가는
결투와도 같았던 것이다.

돌이키면 조금
웃긴 일이다.

왜?

실제 크기로 보면 말이 안 되는
싸움이기 때문이다.
그럼 이것은 기만이 아닌가?

오이.

신기한 일이다.

분명 처음엔 일말의 가책과
두려움으로 시작했던 리서치였는데.

깜쪄서 죄송합니다

그 모든 공포가 진실임
(심지어 더 대단함!)이
밝혀지고 나니 뭐랄까… 경의?
같은 것이 떠오르고 만 모양이지.

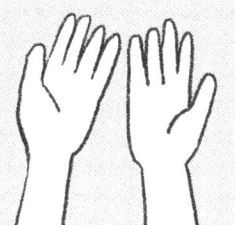

그러니까 백악기 때부터 살아온 생존의 제왕에게
이 정도는 싸움이라고 부를 것도 아니라는 소리다.
특히나 멸종이 코앞인 인간 따위는…

하긴, 출신 국가가
절로 떠오르는 신자유주의적
뻔뻔한 애티튜드와
그에 알맞은 방수 바디.

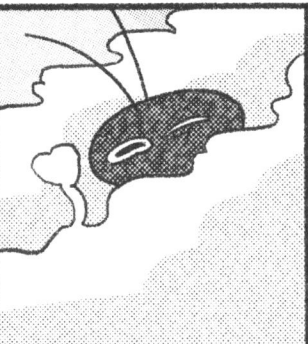

스스로가 인상적임을 아는
여유로운 아우라와
거부할 수 없는 페로몬!

혼을 흔들어 빼놓는
쇄쇄적 응시까지.

그는 일개 인간이 상대하기에
너무 강한 존재였던 것이다.

그치만 역시 중무장한 채로 쟁취한 승리,
아니, 승리인가?
추악한 패배라는 말이 어울리겠다.
아무튼 그것의 여파는 꽤나 오래 지속된다.

역시 사람의 마음이란 건 참 이상하다.

일련의 경험 이후 화자는 그에게
이름을 붙여 주기로 한다.

티탄 I세

기억의 회랑 속에
박제되어 버렸기 때문이다.

그게 무슨 감정이었건,
강렬한 인상을
남기고 떠났기도 하고.

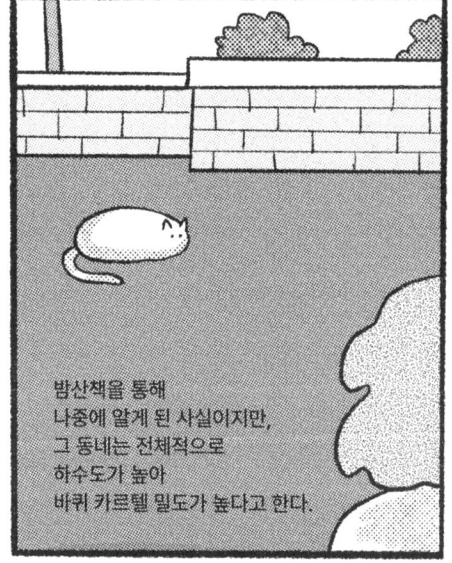

밤산책을 통해
나중에 알게 된 사실이지만,
그 동네는 전체적으로
하수도가 낡아
바퀴 카르텔 밀도가 높다고 한다.

산책하는 길고양이만큼이나
산책하는 길바퀴들을
마주하기 쉬운 동네였다.

그러니 들어와 살 거면 월세라도 내던가, 라는 불편은 크게 의미 없었던 것이다.

화자가 내는 월세가 그들에게 가고 있다면 모를까.

가족이 있었을까 궁금해하거나,

죽지 않았길 바란다거나,

하지만 역시 돌아오진 않았으면 좋겠다거나.

아무래도 **처음**이란 건 그런 건가 보다.

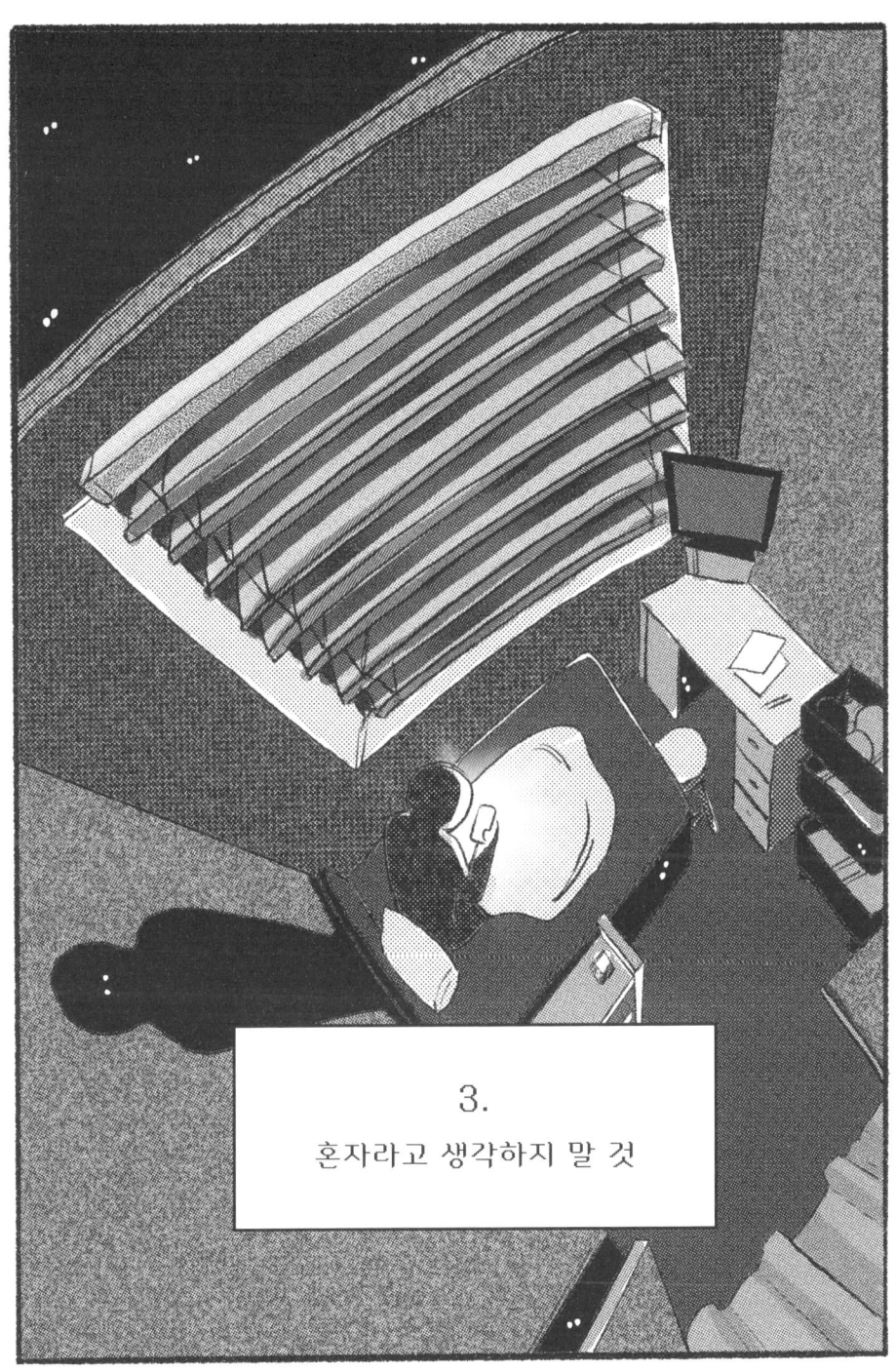

3.
혼자라고 생각하지 말 것

당신은 혼자가 아니다.

아무도 없는 자취방에 홀로 앉은 밤,
문득 시야 가장자리를 조용히 가르는 움직임이
바로 당신이 혼자가 아니라는 증거다.

누구도 혼자일 수 없다.
그들은 어디에나 있으므로.

초자연적 현상을 궁금해하는 이들이
굳이 음모론이나 외계인 관련 웹사이트들을
뒤적거릴 필요가 있을까?

바로 당신의 옆에 자연의 법칙을 거스르는
강력한 존재가 있는데도?

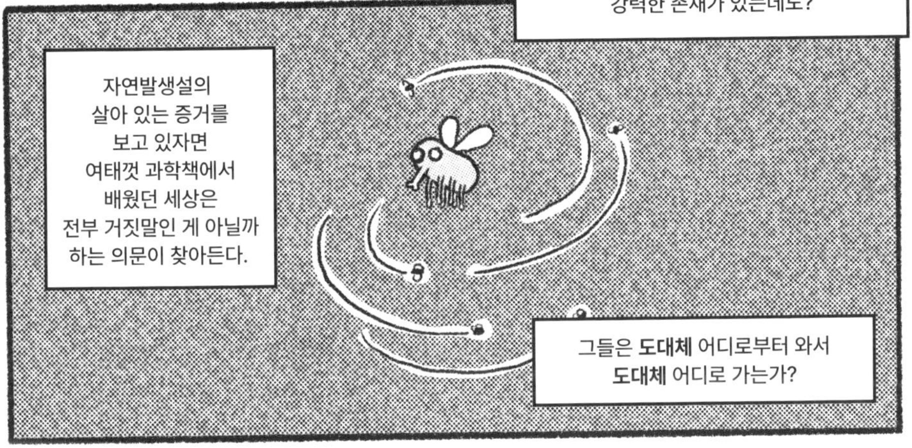

자연발생설의
살아 있는 증거를
보고 있자면
여태껏 과학책에서
배웠던 세상은
전부 거짓말인 게 아닐까
하는 의문이 찾아든다.

그들은 **도대체** 어디로부터 와서
도대체 어디로 가는가?

슝

역시 그들은 **초-파리**였던 것이다.

니체의 의지를 계승하는 존재 말이다.
아니면 니체가 그들의 의지를 계승했을 수도 있지.

과연 지구가 둥글기는 한가?

한 생물의 전 생애를 관찰하기란 생각보다 쉽지 않다.

직접 낳았거나,
마음으로 낳았거나…

의도해서 집 안에 들인
생물이 아닌 이상
누군가의 탄생부터
죽음까지 전부 함께 할 수 있는
기회가 그리 쉬운가.

상당한 운과 노력이 뒷받침되어야 할 수 있는 경험인 만큼
그런 존재가 있다면 애착이 상당할 것임이 분명하다.

하지만… 당신이 운이 좋다면(혹은 나쁘다면)
단기간 내에 그런 경험을 수백 번 하게 될 수도 있는데…

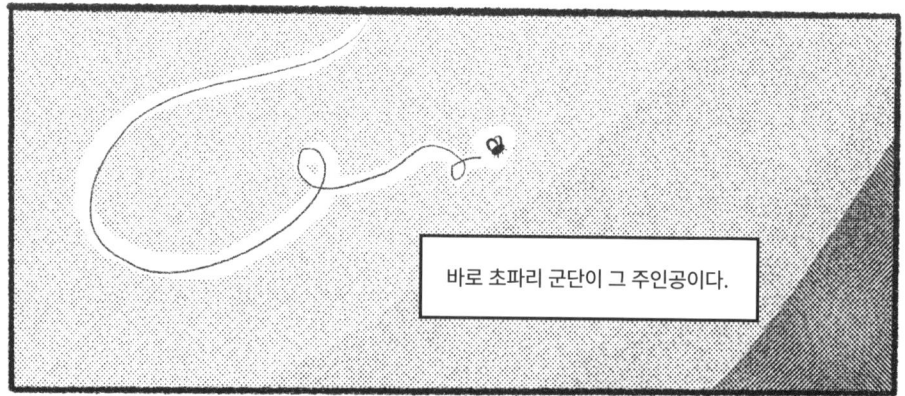

바로 초파리 군단이 그 주인공이다.

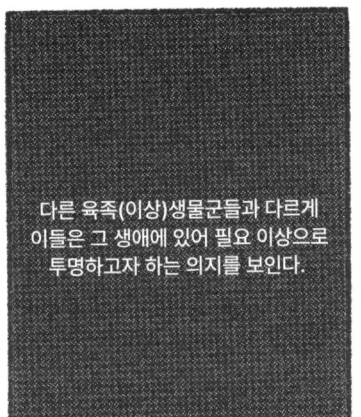

다른 육족(이상)생물군들과 다르게
이들은 그 생애에 있어 필요 이상으로
투명하고자 하는 의지를 보인다.

정신을 차리고 보면 방 안은 이미
내셔널 지오그래픽의
촬영지가 되어 있는 것이다.

작은 생물이라고 얕보다가는
큰코다치는 수가 있다.

휘적

성가시게…

잠시, 아주 잠시 관심을 놓는 순간,
그들은 바퀴군보다 더 큰 트라우마를
선사할 수 있는 능력을 가졌거든.

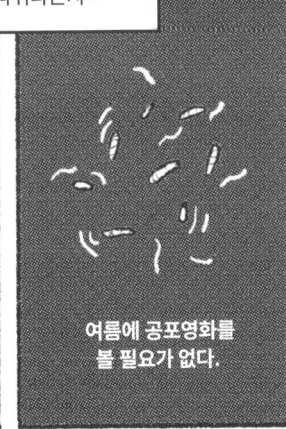

이를테면 남은 생 내내
음식 위에 올라간 참깨를 보며
의심을 거두지 못하는
망상증 따위라든지…

여름에 공포영화를
볼 필요가 없다.

때는 여름의 끝물,

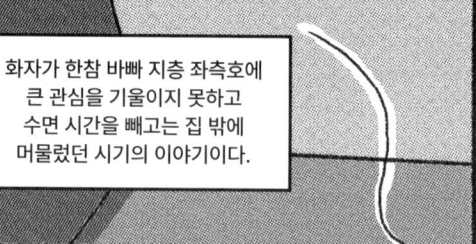

화자가 한참 바빠 지층 좌측호에
큰 관심을 기울이지 못하고
수면 시간을 빼고는 집 밖에
머물렀던 시기의 이야기이다.

어느 날,

명목상은 부엌이나
한동안은 통로로만 쓰였던
공간을 지나치다가 문득
3차원 좌표계를 유유히 가르는
곡선의 수가 수상할 정도로 많아졌다는
사실을 깨달은 합법적 거주민은

이 공간에
주의를 기울여 보기로
마음먹는다.

분명 음식물 쓰레기도 버렸고,
하수구 거름망도 비웠으며
싱크대도 깨끗한데,

이 묘하게 여유로운
다수의 영혼들은
어디로부터
발원하는가?

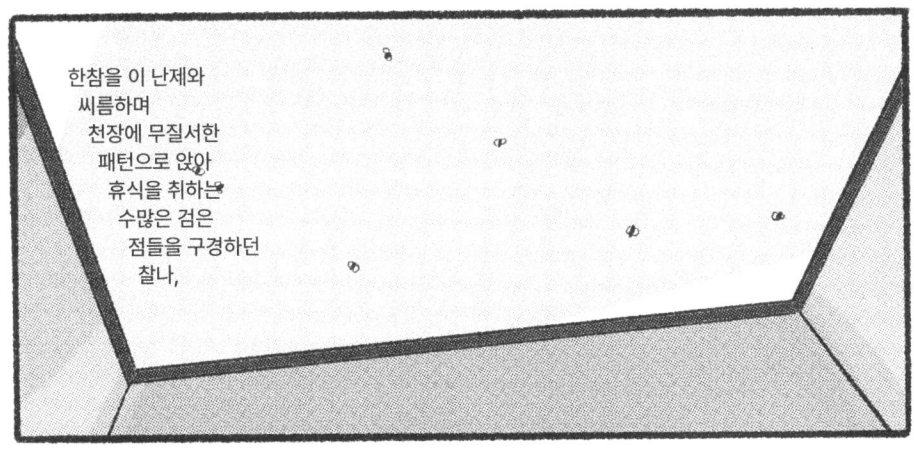

한참을 이 난제와 씨름하며 천장에 무질서한 패턴으로 앉아 휴식을 취하는 수많은 검은 점들을 구경하던 찰나,

시야 가장자리에 용의자가 포착된다.

양파.

손질하지도 않은 생양파 두 개가 빨간 양파망 안에서 다소곳이, 상온의 집 안에, 몇 주간, 존재가 잊힌 채, 화자에게, 복수를 꾀하고 있었던 것이다.

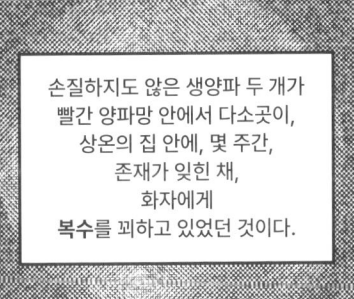

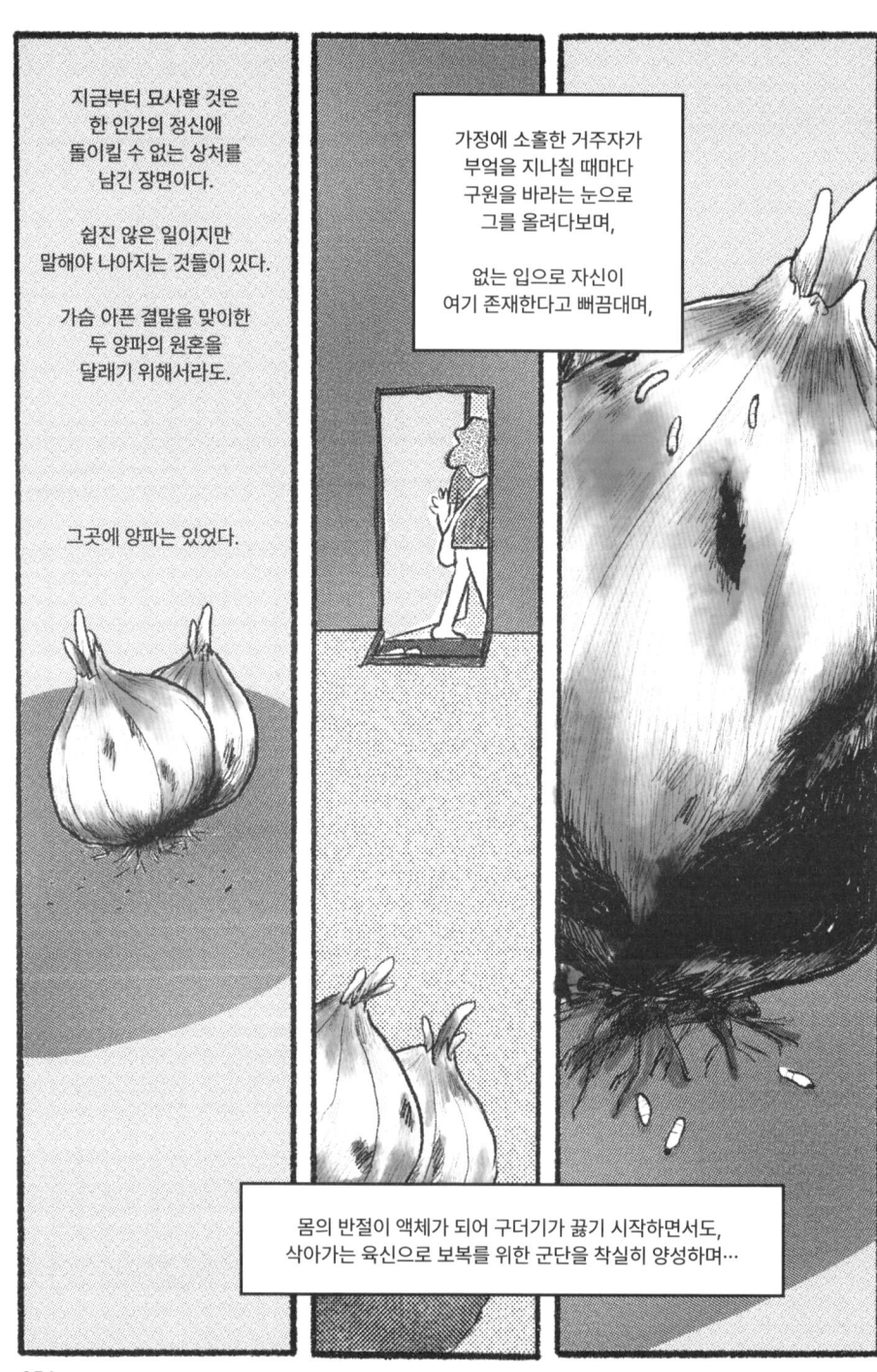

지금부터 묘사할 것은
한 인간의 정신에
돌이킬 수 없는 상처를
남긴 장면이다.

쉽진 않은 일이지만
말해야 나아지는 것들이 있다.

가슴 아픈 결말을 맞이한
두 양파의 원혼을
달래기 위해서라도.

그곳에 양파는 있었다.

가정에 소홀한 거주자가
부엌을 지나칠 때마다
구원을 바라는 눈으로
그를 올려다보며,

없는 입으로 자신이
여기 존재한다고 뻐끔대며,

몸의 반절이 액체가 되어 구더기가 끓기 시작하면서도,
삭아가는 육신으로 보복를 위한 군단을 착실히 양성하며…

그 **기생의 왕국**을
과연 기억에서 지울 수 있을까?

당당히 이곳을 점령했다는 깃발을 내걸고
뻔뻔하게 꿈틀대는 유년기와

존재했었다는 증거를 남기지 못해 안달인
청년기의 빈 껍데기들,

그리고 갓 변태해 혈기왕성한
승리의 성년들이 춤을 추고 있는 그곳은

양파였던 것에 대한 학대로 만들어진 제국이다.

그리고 그 일방적 폭력의 현장은
참혹하다 못해 아직도 종종
악몽의 모티브가 된다.

학대의 방조자.
신도 전쟁의 꿈을 꿀까?

그러니 그들을
절대 쉽게
판단하지 마라.

비록 모기만큼 공격적이지도,
파리만큼 시끄럽지도,
다른 날벌레만큼 크거나 빠르지도 않지만,

그들은 무엇보다 강력한 무기인 **솔직함**을 자랑한다.

이슬 한 방울이면
어디든 존재할 수 있으며,

성생활 공개에도 거리낌없고,

집주인이 빤히 보는데
남의 방 한가운데서 유유히 날아다니며
번식행위에 열을 올리고 있는
커플을 상상해 보라.

여기가
니네 집
안방이냐?

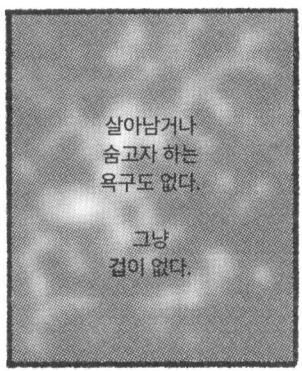

살아남거나
숨고자 하는
욕구도 없다.

그냥
겁이 없다.

가장 두려운 부분은,
그들은 늘 당신에게 **진실**을 마주하게 한다는 것이다.

바로 **이 모든 건 너로 비롯했다는 진실.**

그들의 부지런한 삶은
화자의 게으름과 대비되어
존재 자체로 비난이 성립한다.

다른 이를 탓하기 급급한 지층인의 삶에
어쩌면 이는 뼈아픈 충고다.

늘 주변을 신경쓸 것,

게으르지 말 것,

남을 탓하지 말 것.

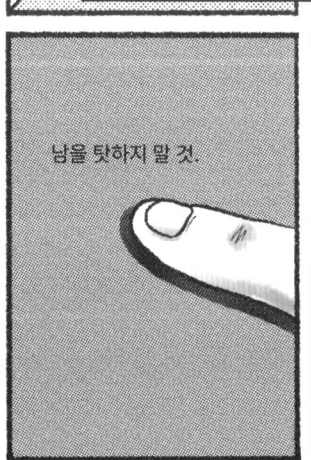

흰 벽지에
붉은 자국으로 남은
말들은

한여름의 납량특집치고는
꽤나 교훈적이다.

그리고
결코 **혼자가 아님**을 인지할 것.

행성학살자가 된
기분이 이럴까…

4.
의외의 헐렁함은
호감을 자아내는 포인트

앞의 사례들에서 살펴봤듯이,
홀로 살고 있다고 해서
누구도 만나지 않는 히키코모리라는
생각은 버리는 것이 좋다.

반지하 학생은 어째
집 밖으로 나오는 법이 없네…

지층 안에서는 늘
예상치 못한 놀라운 만남들이
반복되기 때문이다.

물론 그게 본인이 원할 때
찾아온다는 보장은 전혀 없지만.

무튼, 이 만남들의 퇴적으로 인해 화자에게도 어느 정도의 **판단 기준**이 생긴다.

목숨을 건 혈투를 벌이느냐,

신경 끄고 같이 사느냐,

가라.

밖으로 내모느냐…

고로, 다음은 데이터를 통해 도식화된 **'만남'**을 대처하는 알고리즘의 전개도다.

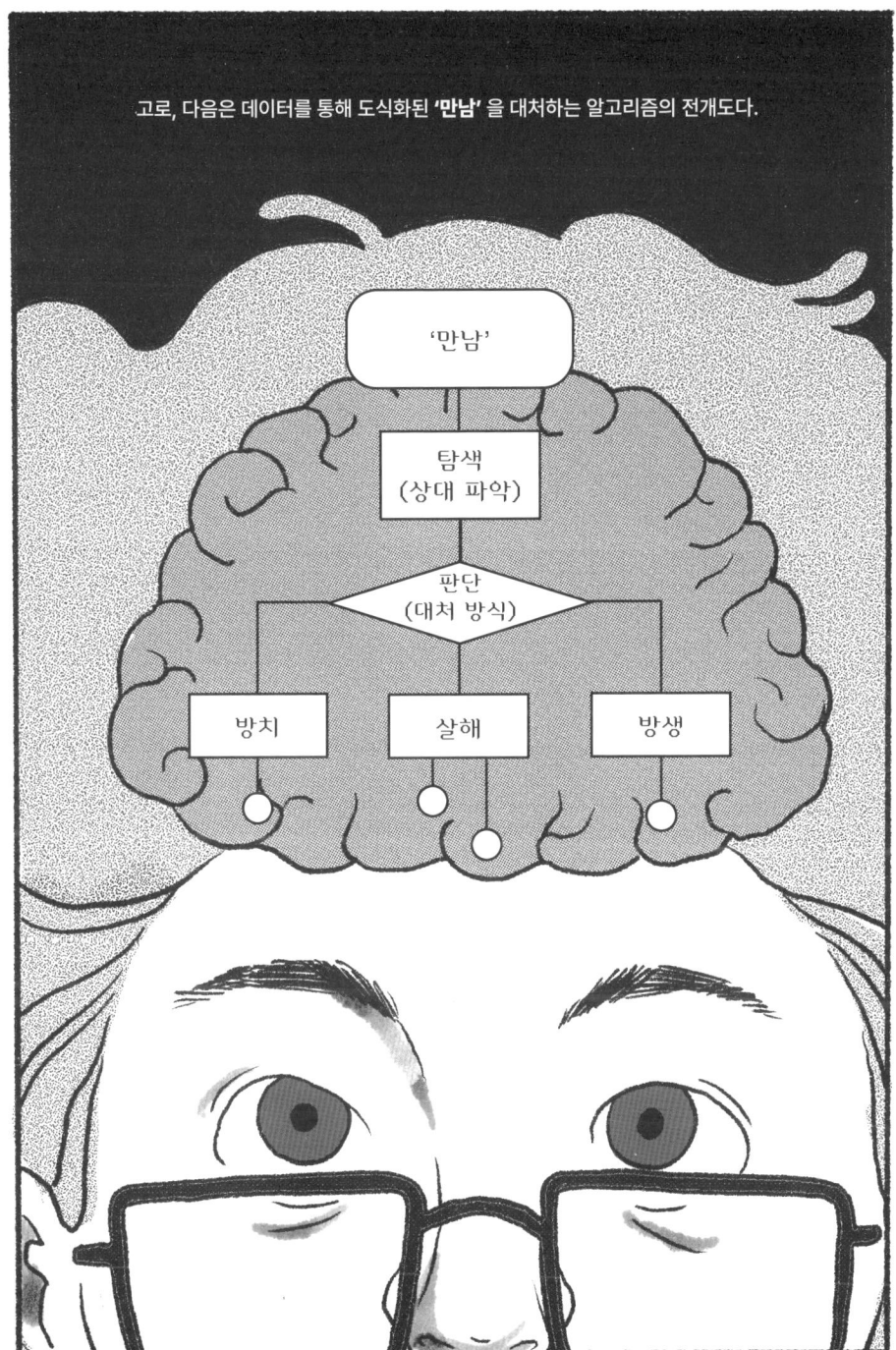

이 기준은 보통 위협도, 불쾌도,
호감도 등등 다양한 사유로 달라진다.

물론 도식대로 늘 결과가 도출되는 것은 아니다.
결투에서 패배하면 울며 겨자먹기로 공존하기도,
저주인형마냥 방생했는데 돌아오기도 한다.

만남과 관계라는 건 한 쪽이 일방적으로
정할 수 있는 것이 아니니까는…

공존? 그게 가능한가?
하는 의문을 타파하기 위해
한 친구를 소개해야겠다.

앞의 뻔뻔함으로
승부 보는 그 분과

머릿수로 압박하는
누구들과는 다르게

이 친구는 조금
부끄러움이 많다.

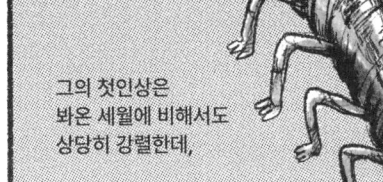

그의 첫인상은
봐온 세월에 비해서도
상당히 강렬한데,

수많은 다리라는
비주얼 때문만은 아니다.
(물론 그것도 있다.)

언제였나,
높은 곳에 있는 그를
끌어내리기 위해 화자는
빗자루를 휘두른 적이 있는데,

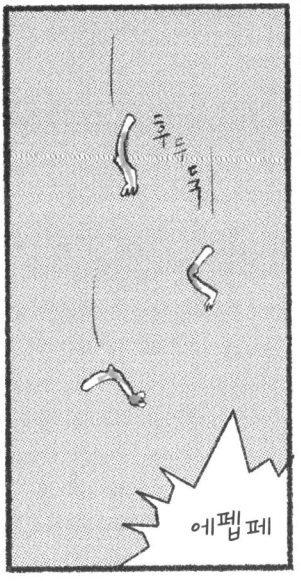

에펩페

그의 수많은 다리가
비오듯 우수수
쏟아져 내렸던 것이
그 원인이긴 할 테다.

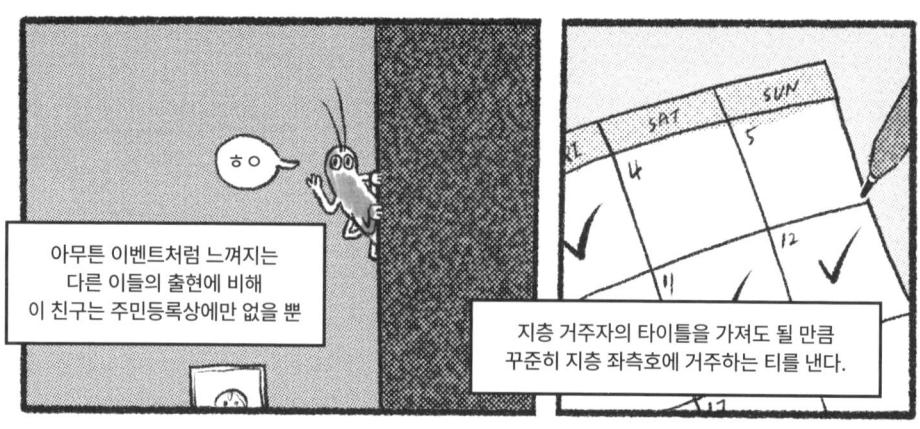

아무튼 이벤트처럼 느껴지는
다른 이들의 출현에 비해
이 친구는 주민등록상에만 없을 뿐

지층 거주자의 타이틀을 가져도 될 만큼
꾸준히 지층 좌측호에 거주하는 티를 낸다.

물론 빈 집에서 불을 켜고 마주했을 때
정신적 공격이 들어오지 않는 비주얼은 아니나,

다리가 너무 많아...

그의 샤이한 퍼스널리티와
나약한 신체구조로 인한
연민 때문인지,

어느 순간 화자는 그를
동거자로 받아들이기에 이른다.

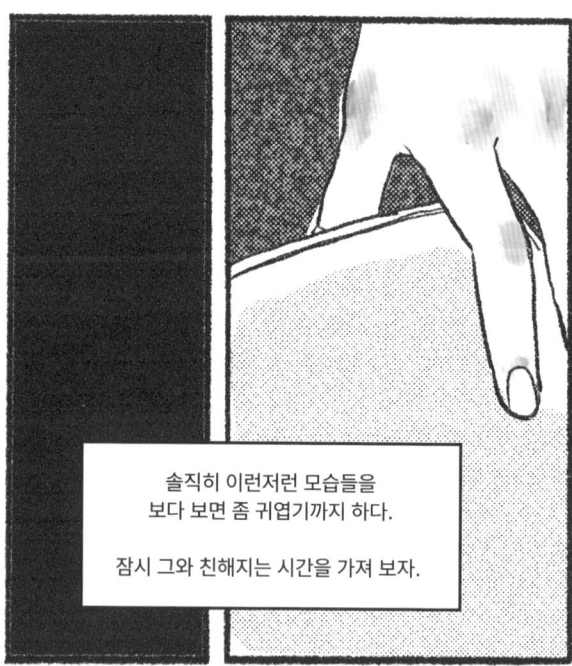

솔직히 이런저런 모습들을
보다 보면 좀 귀엽기까지 하다.

잠시 그와 친해지는 시간을 가져 보자.

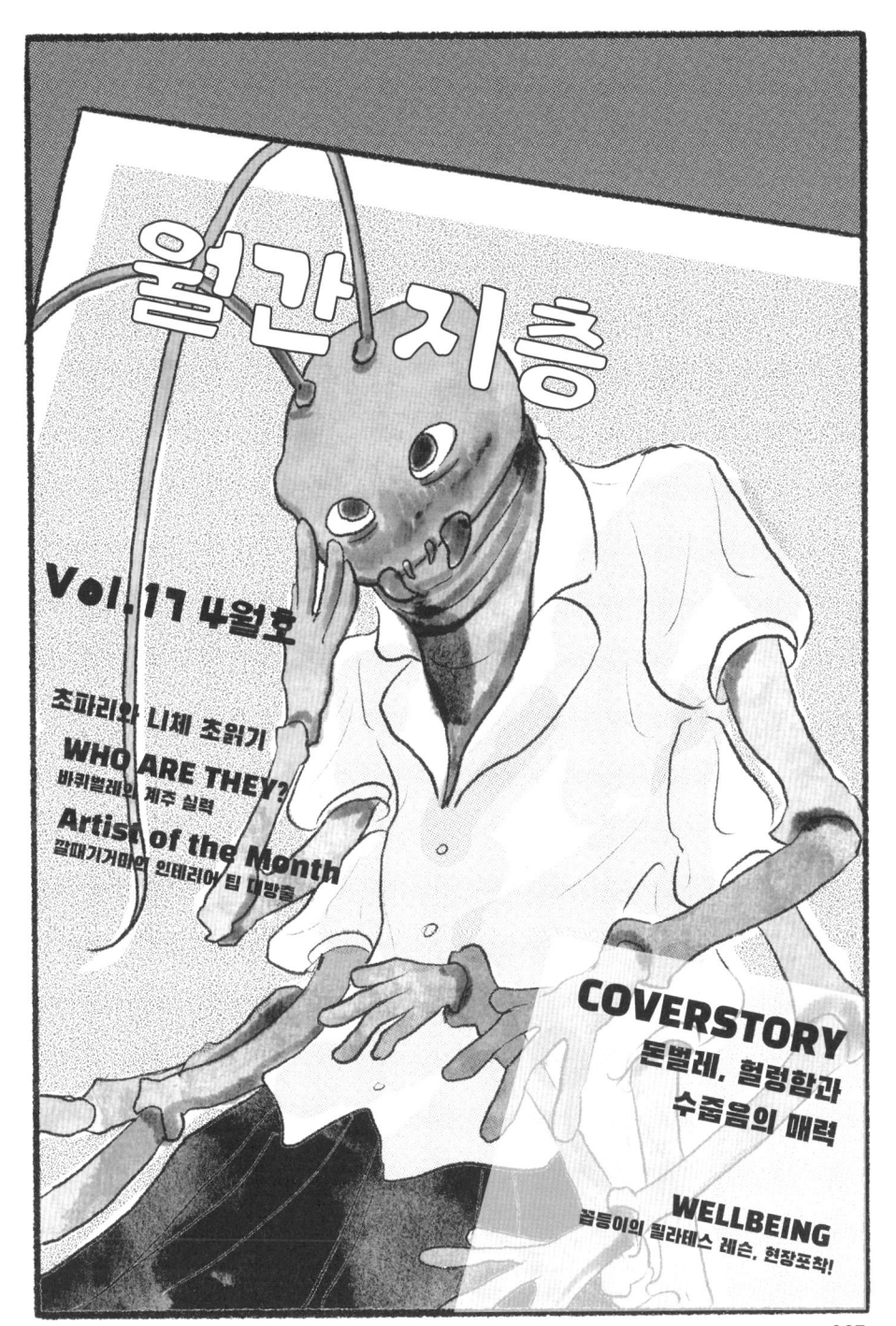

월간 지층

Vol.17 4월호

초파리와 니체 초읽기
WHO ARE THEY?
바퀴벌레의 제주 실력
Artist of the Month
깔따기거마여 인테리어 팁 대방출

COVERSTORY
돈벌레, 혈렁함과
수줍음의 매력

WELLBEING
집틍이의 필라테스 레슨, 현장포착!

조용한 카페 구석에 가만히 앉아
더듬이를 두리번거리는 모습은
그를 숫기 없는 인물로 보이게 한다.

꽤나 인상적인 무표정 때문인지,
많은 다리 때문인지 처음 만난 그는
쉽게 다가갈 수 있는 인상은 아니다.

그렇지만 말을 걸면 화들짝 놀라는 모습이나
수줍게 대답하는 작은 목소리에 곧 첫인상과는
상당히 다른 인물임을 깨닫게 된다.

안녕하세요,
잘 모르시는 분들이 많은 것 같아
인터뷰 자리를 좀 준비했는데요,
시작해도 괜찮을까요?

..네.

먼저 성함이,
돈벌레씨 되시죠?

네,, 그리마라고도 부르구···
설레발이나 쉰발이라구두
불렸던 것 같구요···

설레발이라고요?

네, 아마 걷는 모습 때문에
그렇게 불렸던 게 아닐까 싶네요···

확실히 그의 걷는 모습은 그렇게 불릴 법하다.

아하. 그럼 쉰발은 혹시 다리가
쉰 개라서 붙은 이름일까요?

아뇨. 다리는 다 자라면 서른 개가 된답니다.
허물을 벗을 때마다 새로 생기거든요.
좀 덜렁대는 편이라 자주 떨어뜨리긴 하지만···

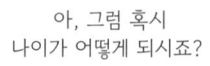
아, 그럼 혹시
나이가 어떻게 되시죠?

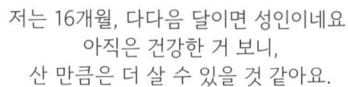
저는 16개월, 다다음 달이면 성인이네요.
아직은 건강한 거 보니,
산 만큼은 더 살 수 있을 것 같아요.

그럼 돈벌레라는 이름으로 돌아가 보죠.
실례가 아니라면, 혹 귀하의 자산 보유 현황과
성함이 상관관계가 있을까요?

6년이면 햄스터보다 네 배를 오래 사는 수명이다.

아뇨, 딱히···
저도 잘 모르겠지만 단지 따뜻하고
습한 곳을 좋아했을 뿐이라서요.

이제 와서 돌이켜 보면 그런 곳들이
주로 부잣집이 아니었을까 싶긴 해요···

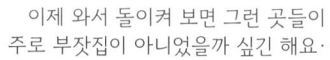
아하. 그렇게 된 거군요.

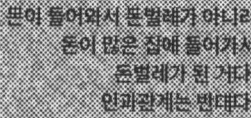
뜬이 들어와서 돈벌레가 아니라
돈이 많은 집에 들어가서
돈벌레가 된 거다.
인과관계는 반대다.

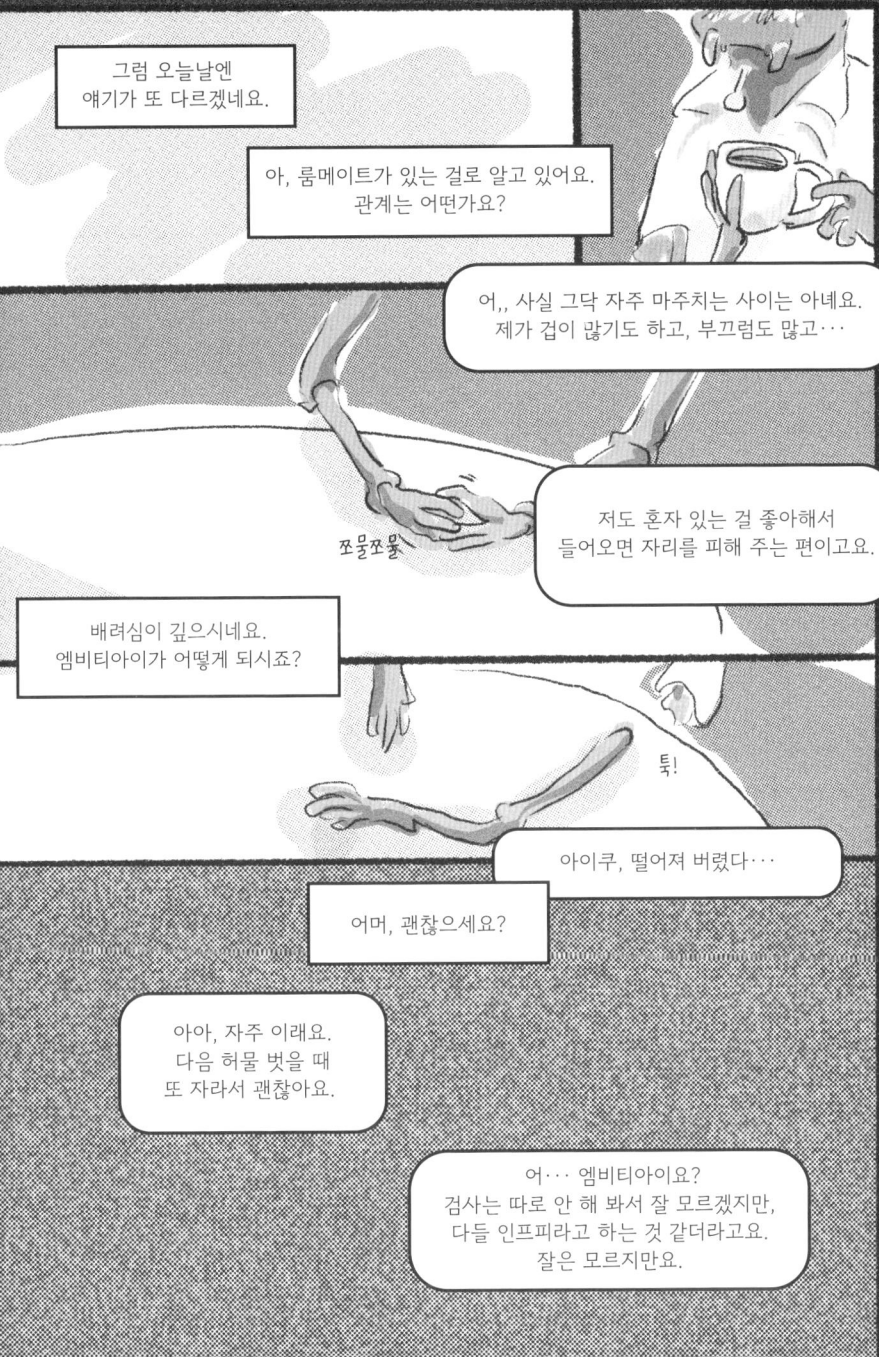

그럼 오늘날엔
얘기가 또 다르겠네요.

아, 룸메이트가 있는 걸로 알고 있어요.
관계는 어떤가요?

어,, 사실 그닥 자주 마주치는 사이는 아녜요.
제가 겁이 많기도 하고, 부끄럼도 많고···

저도 혼자 있는 걸 좋아해서
들어오면 자리를 피해 주는 편이고요.

쪼물쪼물

배려심이 깊으시네요.
엠비티아이가 어떻게 되시죠?

툭!

아이쿠, 떨어져 버렸다···

어머, 괜찮으세요?

아아, 자주 이래요.
다음 허물 벗을 때
또 자라서 괜찮아요.

어··· 엠비티아이요?
검사는 따로 안 해 봐서 잘 모르겠지만,
다들 인프피라고 하는 것 같더라고요.
잘은 모르지만요.

071

하핫, 야 오해했다. 미안;;

뭐 니 잘못도 아니고… ㅎㅎ

머쓱;;

긁적;;

그러니 궁핍한 재정에 돈벌레라도 들어왔다 위로받던 이들이여, 안녕.

그는 그냥 따뜻하고 습한 곳을 좋아하는 취향인 것이다.

휘오오오

21세기에 돈벌레가 이름값을 하기 위해 100평 펜트하우스를 찾아 들어가겠나, 난방 뜨끈한 반지하 방에 기어들어가겠나.

옛날에야 겨울에 따숩고 습하면 부잣집이니 돈 많은 집에 들어간다는 건 이제 다 옛말이다.

물론 심사가 꼬일 일은 아니지만… 괜한 화풀이는 자제하기로 한다.

아무튼, 본론으로 돌아오자면, 지내보니 그는 상당히 귀여운 편이다. 괜찮은 룸메이트기도 하고.

너 룸메랑 산다며? 소개시켜줘~ 같이 놀자.

걔 부끄럼이 넘 많아서 안돼…

예상치 못한 때 켜진 불에 화들짝 놀라
조용히 눈치를 보는 모습도 상당히 귀엽고,

좋은 식사였어...

겁이 많아 손짓 한 번에
호다닥 숨는 꽁무니도 볼만하고.

맞어.?

눈도 별로 안 좋고,
번식력도 별로라는데
이렇게 헐렁해서야
어떻게 살아왔는지
의문까지 든다.

그치만 가끔 바퀴벌레를 잡아먹는
강단을 보이기도 한단다.
생각보다 재빠른 사냥꾼인 모양이다.

그래서인지 익충이라는 소리를 듣는데,
생각해 보면 익충이란 말은 좀 웃기다.

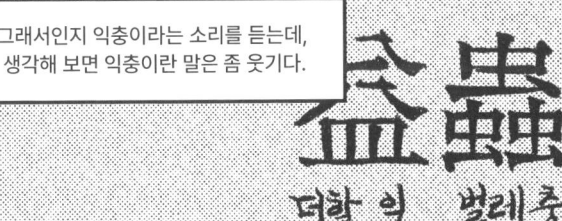

益 蟲
더할 익   벌레 충

그렇지 않나?

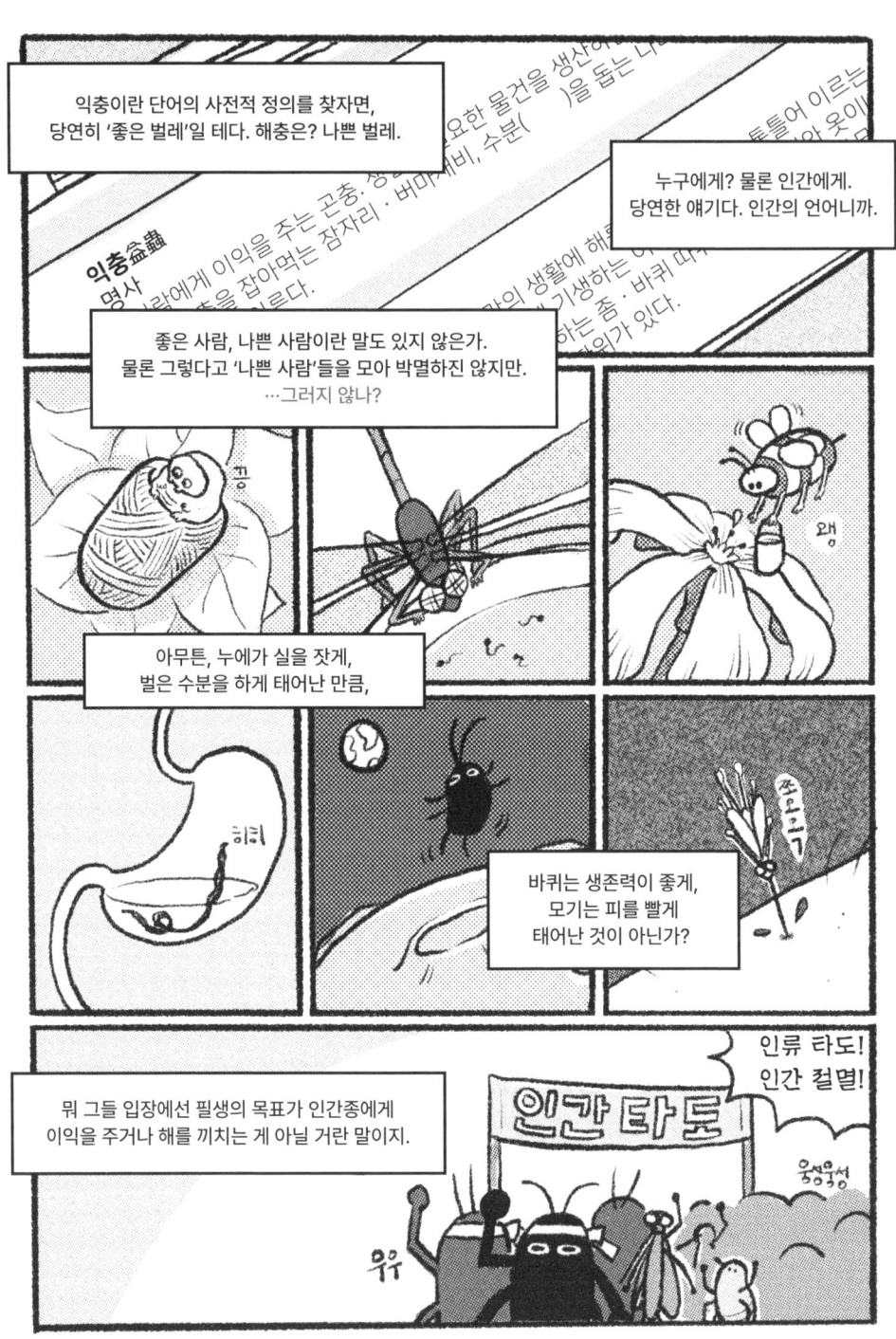

익충이란 단어의 사전적 정의를 찾자면,
당연히 '좋은 벌레'일 테다. 해충은? 나쁜 벌레.

누구에게? 물론 인간에게.
당연한 얘기다. 인간의 언어니까.

익충益蟲
명사

좋은 사람, 나쁜 사람이란 말도 있지 않은가.
물론 그렇다고 '나쁜 사람'들을 모아 박멸하진 않지만.
…그러지 않나?

아무튼, 누에가 실을 잣게,
벌은 수분을 하게 태어난 만큼,

바퀴는 생존력이 좋게,
모기는 피를 빨게
태어난 것이 아닌가?

뭐 그들 입장에선 필생의 목표가 인간종에게
이익을 주거나 해를 끼치는 게 아닐 거란 말이지.

인류 타도!
인간 철멸!

인간 타도

그럼 모기를 안 좋아하는 돈벌레는
익충일까, 해충일까?

심적으로 멀리 있는 집단일수록 그들 각자의 개인성을 상상하기란 어렵다.

옷깃만 스쳐도 인연이라는데,
이 만남은 어느 정도의 사건일까?

돈벌레를 살해한 어느 날,
천장에서 그의 다리처럼 후두둑 떨어진 생각들이다.

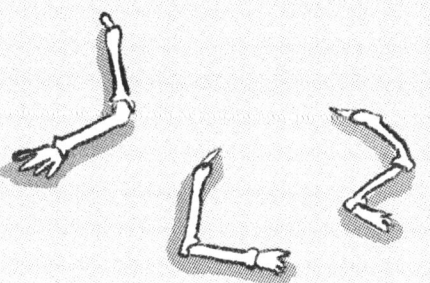

5.
눈치도 눈이 있어야
보는 법입니다

여기서 잠깐 지층의 방문자들을 분류하는
과정에 대한 이야기를 다시 해 보자.

보편적으로, 어떤 방문자가 존재함을 인식하는 순간부터
인간은 다음에 취해야 할 행동을 위한 판단 몇 단계를 거치게 된다.
*다음 내용은 지층 거주자 1명의 설문 응답으로 산출된 결과이다.

1번은 보통 그 크기로,
이는 낯선 개체에 대한
당연한 물리적 반응이다.

새끼손톱보다 작으면 무심하게 넘길 수 있고,
그보다 크면 꿈틀, 하게 되며
손가락 마디로 단위가 넘어갈 때쯤부터는
성대와 근육을 활용해야 하는 자극이 생성된다.

…그보다 크면 신고하는 것을 권한다.

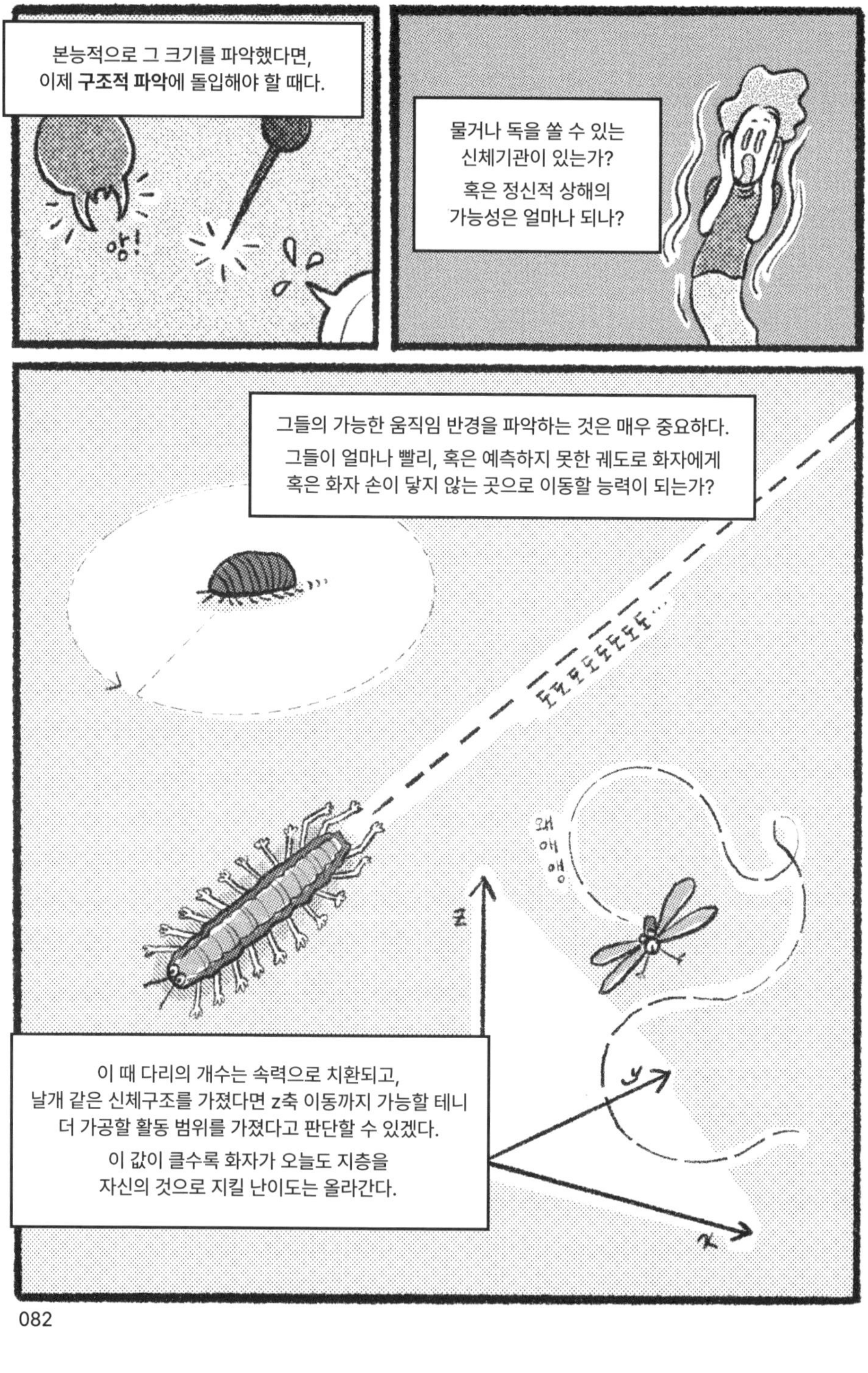

본능적으로 그 크기를 파악했다면,
이제 **구조적 파악**에 돌입해야 할 때다.

물거나 독을 쏠 수 있는
신체기관이 있는가?

혹은 정신적 상해의
가능성은 얼마나 되나?

그들의 가능한 움직임 반경을 파악하는 것은 매우 중요하다.
그들이 얼마나 빨리, 혹은 예측하지 못한 궤도로 화자에게
혹은 화자 손이 닿지 않는 곳으로 이동할 능력이 되는가?

두구두구두구두…

래
애
앵

z

y

x

이 때 다리의 개수는 속력으로 치환되고,
날개 같은 신체구조를 가졌다면 z축 이동까지 가능할 테니
더 가공할 활동 범위를 가졌다고 판단할 수 있겠다.
이 값이 클수록 화자가 오늘도 지층을
자신의 것으로 지킬 난이도는 올라간다.

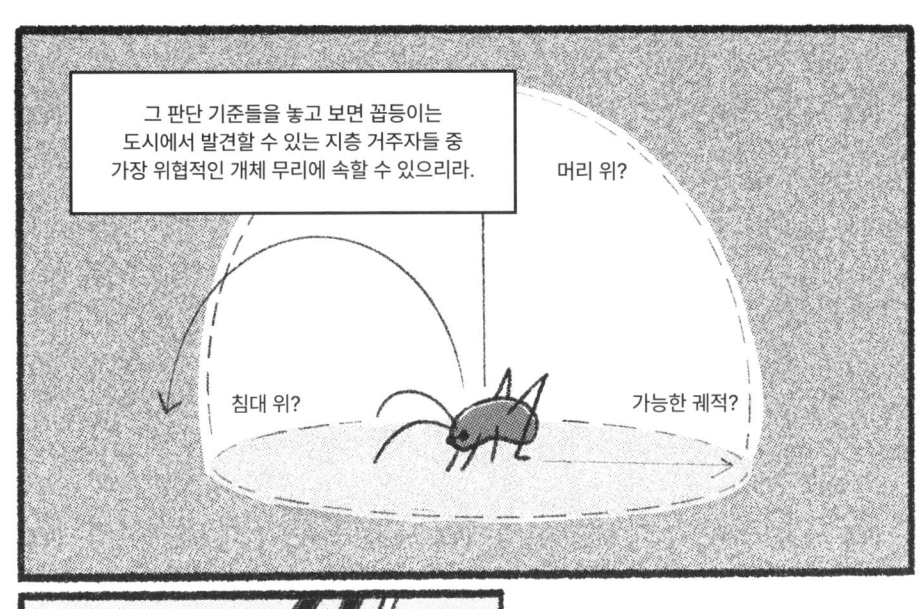

그 판단 기준들을 놓고 보면 꼽등이는 도시에서 발견할 수 있는 지층 거주자들 중 가장 위협적인 개체 무리에 속할 수 있으리라.

머리 위?

침대 위?

가능한 궤적?

언제든 반대로 구부러지며 반동을 받을 수 있을 것 같은 굽은 등,

몸의 두 배까지 치솟은 강력한 뒷다리는 그가 내뿜는 정적과 대비하여 더더욱 그 예측 불가성을 자랑한다.

도시의 캥거루라는 피지컬을 자랑하면서도 조용히 화자의 다음 움직임만을 기다리는 것 같은 뻔뻔한 모습은 바퀴와 견줄 정도로, 괘씸하자면 괘씸한 수준이다. 그러나…

화자와 그의 개인적 만남은 조금 더 쓰라리다.

때는 그가 지층거주자가 된 지 6개월이 막 지나가는 언저리.
아직 몸과 마음이 말랑말랑했을 시절이다.

내방~

화자는 거주 5개월차에야 안보용으로 스프레이형 살충제를 집에 들였는데,
그가 구매와 사용에 거부감을 느끼게 된 계기는 이렇다.

때는 몇 년 전, 제주에서 숙박업을 하는
친척의 방에서 홀로 tv를 보다가
손바닥만한 농발거미를 발견하게 된 화자.

아무래도 숙박업소이니 신고는 해야겠지,
하는 마음으로 주인장을 불렀더랬다.

그러나 한달음에 달려온 주인장의 스프레이를 맞은 거미는
팔지를 마디별로 뒤틀며 한참을 고통스러워했고,
그 광경은 영원히 화자의 악몽으로 남는다.

모 소설에서 고통스러운
저주를 맞은
거미를 보는 것 같았다나.

지이익

이후 만나게 된 또 다른
거미는
어르고 달래 겨우
집 밖으로 내보냈다는
후일담.

여차저차 그러한 연유로, 천재지변에 대비해
구비는 해 두었으나 분사할 일이 영원히 없길
바라며 구석탱이에 처박아 두고 존재를 잊으려고
했던 화자는 다시금 그를 꺼내게 된다.

딱히 전후 상황이랄 것은 없다.

집에 돌아온 화자 앞에, 상상해 본 적 없는 크기의 꼽등이가
방바닥을 점거하고 있었을 뿐이다.
아마 문 틈으로 들어왔겠지.

꿀꺽

치이기이익

아무리 모색해도 그와 맞서 싸울 용기를 짜내지 못했던 화자는
결국 봉인을 해제하고 생화학무기를 들어올렸고,

그는 의연하게, 조금 비틀거리면서,
천천히 옷장 밑으로 걸어들어갔다.
그 뒷모습에 화자는 느꼈다.

첫 패배였다.

화자가 추구한다고 생각했던 삶에 대한 태도와 실존하는 세계 속의 그의 모습의 괴리.

옳지 않다고 느낌에도 '쉬운 방법' 앞에 손도 못 쓰고 패배하는 스스로에 대한 절망감.

화자가 꼽등이와 싸워 이길 수 없었는가?
아니.

그 둘 사이에는 1.55m의 체격차가 있었고,
피리를 불어 집 밖으로 내보낼 수도 있었으며,

정 밑히면 함께 살 수도 있었다.

어찌됐든 꼽등이는 화자를 죽일 수 없다.
이 모든 것을 알고 있으면서도 화자는 그에게 생화학 공격을 퍼붓는다는 선택을 한다.
그의 손이 더럽혀지지 않는 가장 쉬운 방식이다.

상처를 받지않을 수는 없다.

심지어 스스로가 행한
일방적 폭력에 의한 상처다.

화자는 그 사실을 알고 있다.

모두는 모두에게,
상처를 주고 받을수밖에
없는 존재다.

그러나 우리는 단지 더 쉽기 때문에,
상처를 받지않는 방법을 선택한다.
살해라는 행위는 회복하지 못할
영구한 상처를 주는 행위이므로,
당연하게도 자신의 영혼도
상처입을 각오를 해야 한다.

어쨌건, 패배의 우울이 옅어지고
책임을 마주할 마음이 화자에게
다시 들기까지는 며칠이 걸렸고,

마지막 그의 뒷모습이 목격된 옷장 밑에는 그의 시체는 없었다.

묻히지 못하고 약에 절어 돌아간 그 육신은 어찌 되었을까?

다른 거주자들의 소화기관 내에서
지층 생태계 순환에 한몫 하였을까?

아니면 편히 감지 못한 눈을 부라리며
우울한 저주를 중얼거리는 지박령이 되었을까.

영 알 수 없는 일이다.

일곱 평짜리 작은 방에서도
잃어버리는 것이 부지기수다.

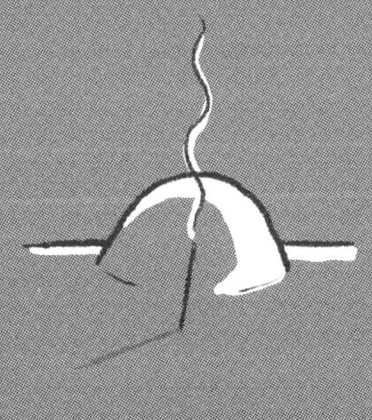

6.
사탄이 들렸네

어쩌면 그들은 모든 생물의 인내심을
시험하기 위한 신의 도구가 아닐까?

끊임없이, 갖은 방식으로 그들은
인간의 폭력적인 본능을
의식의 수면 위로 끌어올린다.

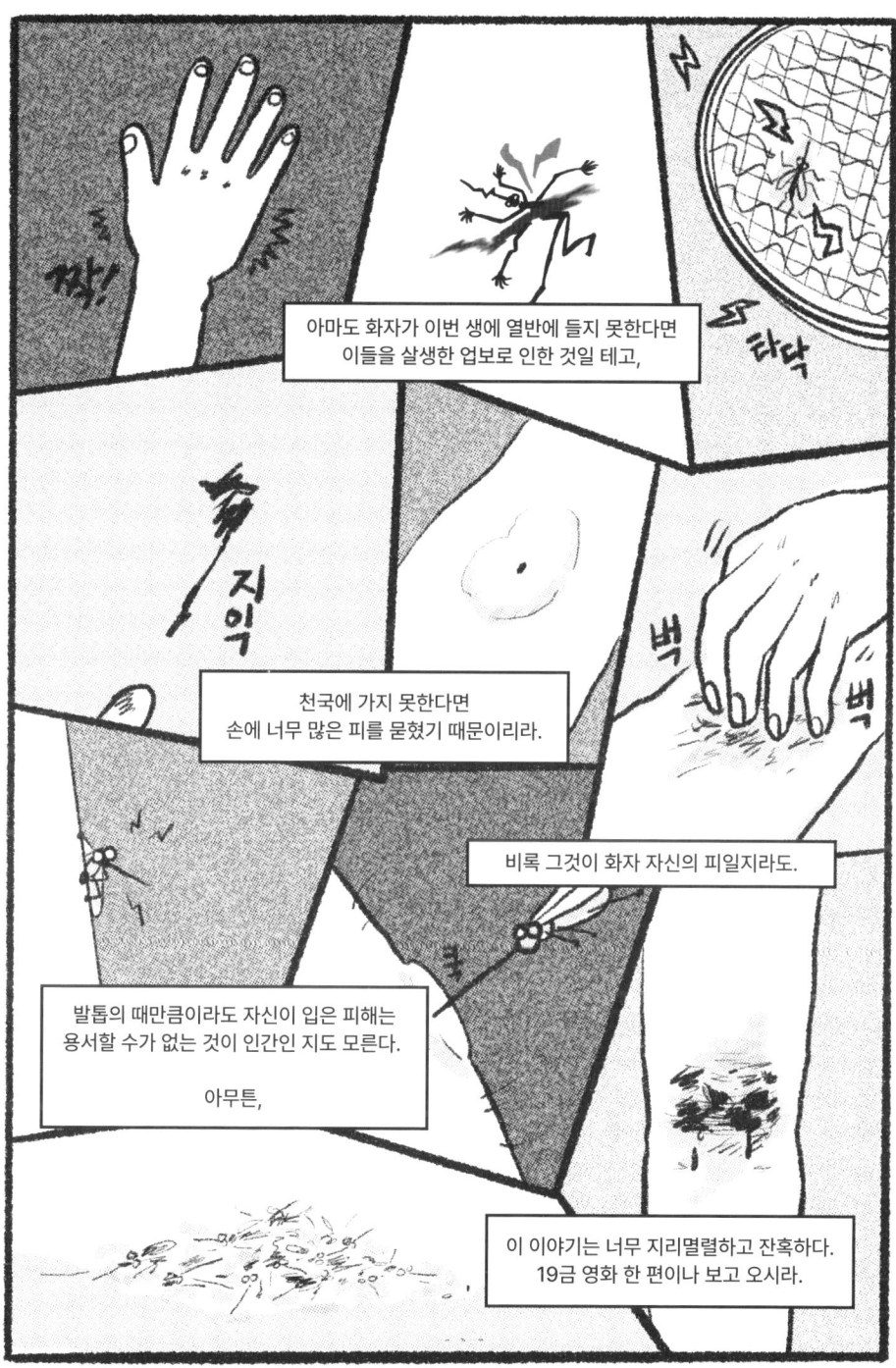

아마도 화자가 이번 생에 열반에 들지 못한다면
이들을 살생한 업보로 인한 것일 테고,

천국에 가지 못한다면
손에 너무 많은 피를 묻혔기 때문이리라.

비록 그것이 화자 자신의 피일지라도.

발톱의 때만큼이라도 자신이 입은 피해는
용서할 수가 없는 것이 인간인 지도 모른다.

아무튼,

이 이야기는 너무 지리멸렬하고 잔혹하다.
19금 영화 한 편이나 보고 오시라.

7.
내가 니 똥 치운
세월이 얼만데

많은 괴담들이 그렇듯 시작은 안일한 설마, 로 기억된다.

어느날부턴가 천장의 얼룩이
점점 커지는 것 같다거나,

뭔가 자꾸 신발이 둔 자리에 안 있는다거나…

애
옹
리

밤마다 집 안 어딘가에서
쉰 듯한 고양이 소리가 난다거나,

어느날부턴가 화장실 변기 옆의 어둠이 점점 짙어지는 것처럼.

좋지 않은 조짐은 외면할 수 없을 때까진 못 본 척 하는 것이 상책이다.

그것이 화자의 여태까지의 삶의 방식이었으니까.
그러다 보면 진실은 눈덩이 굴리듯 천천히 의식의 수면 위로 떠오른다.

무른간에 그것은 끽해야 새끼 손톱 반 정도 되는 크기의
어두운 타원형 고체의 집합이었고,

게슴츠레…

이를 악물고 치우면 다다음날쯤
더한 윤기와 함께 돌아오는 기염을 토했다.

그러기를 2주, 화자는 결국 기를 쓰고 피해왔던 '진실'을
입 밖으로 내야 한다는 사실을 깨닫는다.

쥐다.

룩

그러니까 여지껏 21세기의 이기에 절여져
지층에서의 삶을 만만하게 보고 있던 것은
화자였던 거다.

Q. 내 집에, 내가 모르는 생물이
산다고 여겨졌을 때,
다음 중 가장 공포스러운 것을
고르시오.

1. 6발 짐승.   2. 8발 짐승.   3. 30발 짐승.
4. 4발 짐승.   5. 2발 짐승.

물론 사람마다 취향의 편차는 있겠다마는,
다리는 적을수록 무섭다.
이 인간은 하나는 알고 둘은 몰랐던 것이다.

아마 바퀴 아닐까요?

ㅋㅋ 지금이
80년대도 아니고…

가장 최악의 수로 바퀴벌레를 꼽을 줄만 알았지,
상당한 지능을 가진 포유동물과
한 공간을 셰어해야 할지도 모른다는 사실은
고려조차 하지 않았던 거지.

지층은 생명력으로 들끓는 정말 놀라운 곳이다.

그러니까 이 쌍방 간의 동의 없는 동거는 약 몇 달간 이어졌다.

며칠에 한 번꼴로 변기 옆 구석진 곳에 배설물을
남겨 두고 가는 이 몰래 온 손님의 똥을 치우며
이 얼굴 없는 방문자의 모습을 상상하면서,
화자는 은은하게 동거의 냄새를 맡는다.
반복되는 행위는 익숙함을 만든다.

잘 드셨네…

날 추운데…

밥은 잘
드시나…

양이 많은 날은 요즘 같은 불경기에 용케
많이도 드셨네 싶어 뿌듯한 마음도 들고,

꼴에 그 좁은 화장실에 살기는 또 싫으신 모양인지
추정컨대 세탁기 뒤 깨진 타일 틈으로 들어와
조용히 변만 보고 나가는 것이.

캬아악

이것이 셰어하우스인지, 토일렛 서퍼인지.
대면 없이 언젠가 얼굴을 보게 된다면
임마, 내가 니 똥 치운 세월이 얼만데!
한 번쯤 생색도 내고 싶은 마음이 들기 시작하던 즈음이다.

이쯤 되면 누군가는 아니,
쥐고 벌레고 집 안에 있으면 잡든 뭘 부르든 해라,
할 법도 한데, 남 이야기엔 숟가락 얹기 참 쉽다.

그러나 아무래도 네 발 짐승의 주거 침입은
조금 중대한 사항이기도 하고,
지층거주자의 계약사항 안에는
4족 털짐승과의 동거 불가 조항이 있었기에,

화자는 위층에 거주하는 집주인 내외에게
이 이벤트에 대해 고지할 필요성을 느낀다.

전세계약서

*반려동물은 집주인 내외의
호흡기질환을 유발할 수
있으므로 거주 불가.

저, 화장실에 쥐님이 종종
방문하는 것 같은데요,
아침저녁으로 똥을 싸고 가시거든요.

쥐가 있을 리가 없는데?
그거 학생 똥 아녀?

단 1그람의 첨언 없이 온전히 옮겨 적은 말이다.
단연코 몇 년 내 들은 최고의 농담이다.

거, 쥐가 오징어 냄새를 좋아 햐.
있지, 시간 나면
쥐약 옆에 오징어를
잘 그슬러서 내비두어 보아.

간식을 제공하란 말씀이실까.
아무튼 쥐님과 또 하나의 공통점을 찾아 기뻤다.

결국 이 대화는 1층 거주자와 지층거주자 사이,
장벽의 두께를 확인하는 것으로 끝났다.
약간의 헛웃음도 함께.

이름은 뭘로 지어 줘야 하나···
응가메이커···?

별 도움 안 되는 주인집의 충고와
반려쥐로 그를 입양하겠다는 화자의 결의가
일상이 되어가던 즈음,
그들의 관계는 새로운 국면을 맞이한다.

처음 몇 주 간은 혹시나 실례 도중
어색한 상황이 발생할까 하여

헛!

끼이익

벌컥

화장실을 이용하기 전 화자는 꼭
노크를 하고 들어가곤 했는데,

그날따라 안일했는지
볼 일이 급하였는지 벌컥,
노크 없이 문을 열어버리고 말았다.

빵실한 회색 엉덩이 사이로
놀란 두 뒷발과 꼬리가 분주하더니
쏙, 세탁기 밑으로 들어가는 엉덩이를
화자는 목격하고야 만다.

호다닥

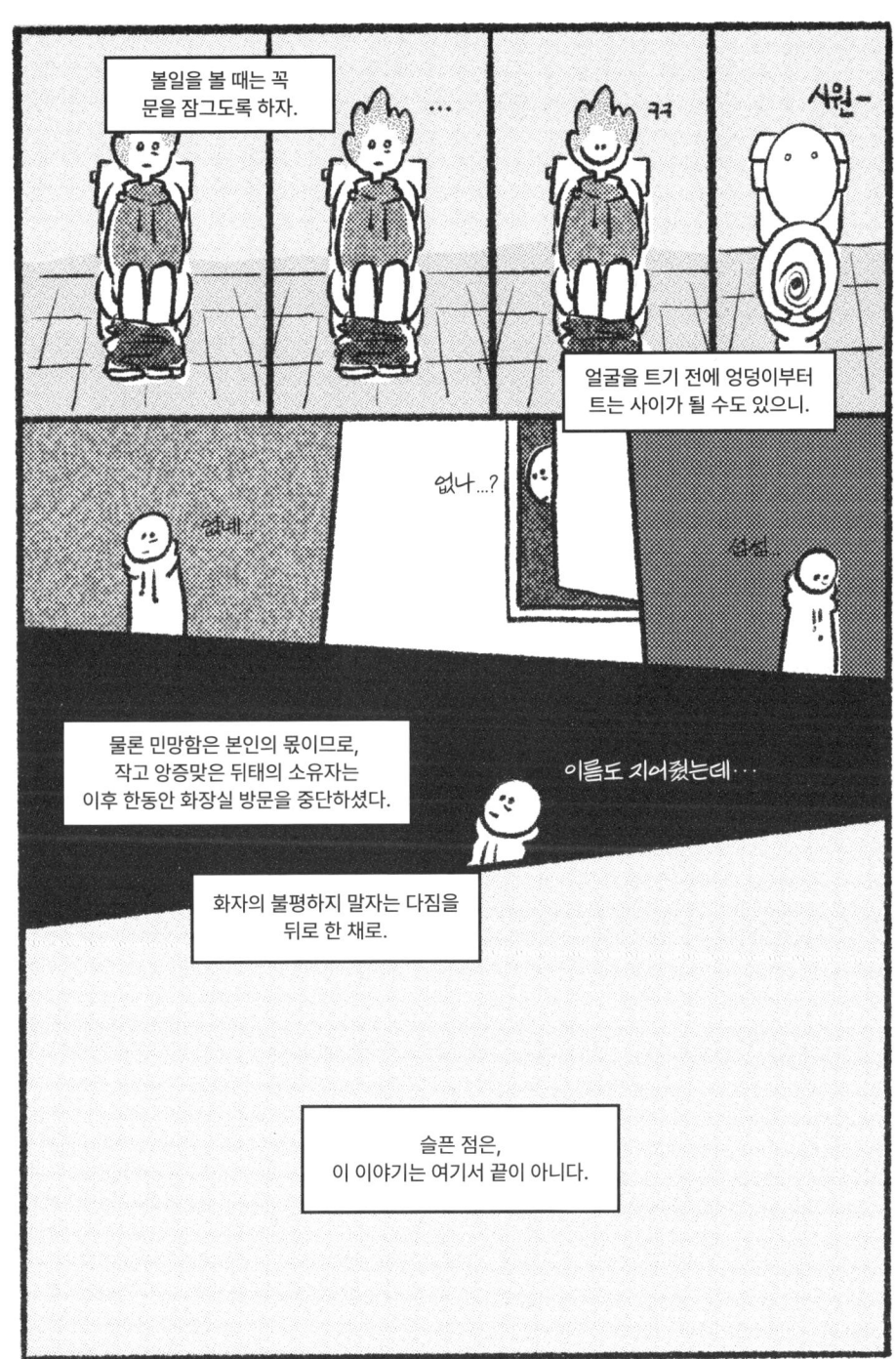

그로부터 1년 뒤,

밤.

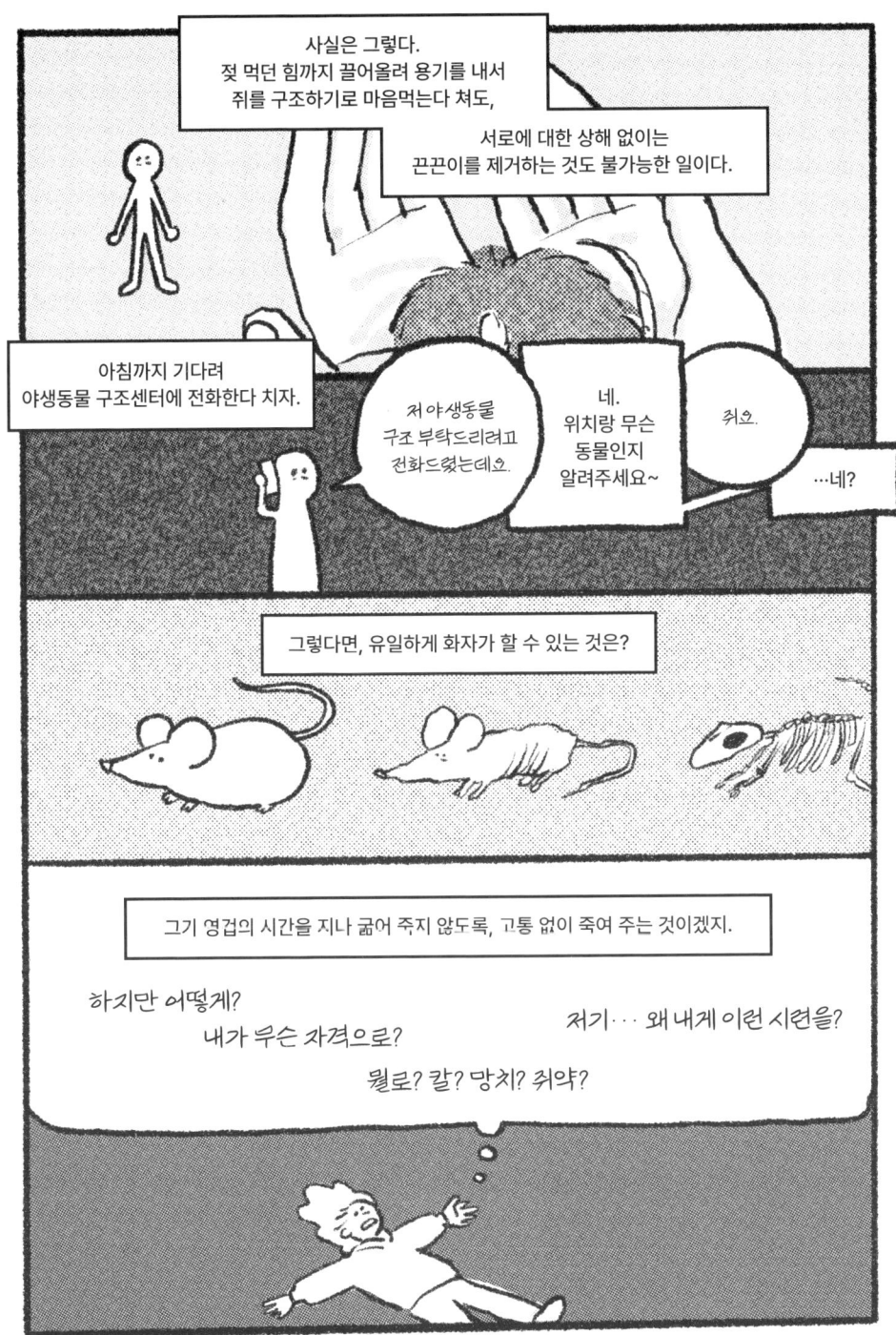

113

행위자
(아마도 집주인?)

취댯- 풀어줄 수 있음, 해결하기 어려움
취약- 직접 살해, 시체 처리가 어려운 것은 아님
구청이 가져갈 것,

그런데 왜 끈끈이라는 선택을 했지?
소형 동물이 끈끈이에 걸리면 움직이지 못하는 채로
질식, 탈수, 기아를 겪다가 죽어갈 텐데?

영국에서는 동물복지법으로 판매조차 금지하기로 했는데
어떻게
생물을 알아서 굶어 죽을 때까지 묶어 둔다는 개념으로 만들어진
제품이 존재할 수가 있지?

빠져나오기 위해서 몸부림을 치다가 골절상을 입으면 어떻게 책임지려고?
이게 고양이 밥 주는 행위라고 생각하는 건가?
해지겠다는 결단을 내린 이상 끝까지 본인이 해내야 하는 게 맞지 않나?

그걸 사용하는 사람은
무슨 생각이지?
새나 개구리, 조세비 다른 수많은
소형 동물이 걸릴 수도 있는데?
아니 애초에 쥐가 잡힐 수도 있는데
쥐가 뭘 했지?
쥐가 뭘 할 수 있지?
무엇이 행위자를 쥐 꾼꾼이틀
쥐가 인간을 암살할 수 있

그리고 왜 그대로 들어
무엇을 위해?
내 집안에만 없

왜?
라는 질문이 끊임없이 화자를 괴롭힌다.

살해를 외주 주는
누군가가 유기한 책임의 잔해는
그대로 다른 누군가에게 날아가 다른 상처를 낳는다.

해결할 수 없다는 사실은
해결이 되지 않기 때문에 해결할 수 없다.

상처를 줄 결심을 했다면
끝까지 그 상처를 스스로 책임져야 하지 않나?

행위자는 지금쯤 발을 뻗고 자고 있겠지.
쥐가 나왔으니 잡겠다, 그리고 잡았다.
그리고 문 밖 아무데나 던져두면 누군가 알아서 하겠지.

그러나 누군가는 그런 무의식적 행위에
잠 못 드는 밤을 보내고 있는 것이다.
자신이 무엇을 할 수 없고
무엇을 할 수 있는지를 생각하면서.

8.
자급자족은
평생의 꿈인데요

집을 그려 보자.

땅이 있고, 네모, 지붕. 마당, 나무. 창문.
강아지가 있을 때도 있고, 없을 때도 있고.

누군가에겐 2층일 수도, 창문이 더 많을 수도.
집을 가졌건 안 가졌건 남녀노소 불문하고
가장 평균적으로 튀어나오는 집의 외관이다.

이 천편일률적인 집의 아이콘은
생각보다 빽빽한 도시에서 찾기 힘들다.

수많은 인간이 구겨져서 살아야 하는 한정된 땅 위에서,
이 형태는 무엇보다 비효율적이기 때문이다.

앞으로 잠시 돌아가 구청에서
화자가 떼어온 독백을 상기해 보자.

주민등록등본

변화자

내 집에 왜
네가 사는 거야?

?

아니.
이 말은 법적으로 틀렸다고 볼 수 있다.
화자의 집은 아니다.

계약을 통한 화자의
일시적 거주지일지언정
화자 소유의 집은 아니다.

홀홀.
내건디.

멈쓱

화자의 꿈에 그리던 이상적인 집도 아니다.
그저 다른 짐승들과 함께,
지상에 살 자격이 되지 않아서,
머무르게 된 방일 뿐이다.

거지

집…

108년쯤 더
빵이치면…

집을 가진다는 건 너무나 어려운 일이다.
그래서 화자는 한 여덟 다리 동물을 편애한다.
시기한다.

이 거무튀튀한 도시에서 자가를 가진
부유함 덕인지, 아님 그저 체질인지,
그들의 걸음걸이는 우아하다.
내 집 내 손으로 짓지도 못하는 화자는 영,
지어 살겠다는 놈에게 월세를 받을 자신이 없다.
주택자의 권위인가,
어쩌면 그들을 신격화해 바라보는지도 모르겠다.
뭐, 주님 다음으로 건물주라지 않는가.
화악!
사격 중지!
난 또
편히 계세요
그래선지 뭔지,
좁은 방 내 어디서 튀어나와도 오셨구나, 싶고,
추운 겨울 굶지 않으셨으면 좋겠단다.
열일 하시는군…
많이 드세요…
물론 그들이 굶지 않는 데에 화자가 얻는 나름의 이득도 있을 것이다.
추앙하는 자급자족의 삶을 너무 이상적으로 보여준다나 뭐라나.

실제로 식과 주를 함께 해결하는
미래형 주택의 설계자들인 그들은
지층 곳곳에서 발견된다.

실같은 다리로 위태위태 공기저항을
이겨내며 걷는 집유령거미나 작은 다른
거미들은 세는 것이 무의미할 정도다.

하루하루 살생의 충격에 무뎌지는 화자도
이들은 단 한 번도 직접 살해한 기억이 없다.
물론 아무 생각 없이 책을 폈다가 책갈피가 되어
발견된 유령거미 한둘은 본 적 있다.

또 서울의 주택들에는 깔때기거미라는
엄지손가락만한 개체들이 자주 발견되는데,
이들은 익숙한 거미집이 아니라
굴처럼 좁은 집을 구석에 짓는다.

어너가셨지···

까꿍!

지나가다 보이면 한참을 들여다보기도 하는데,
이유는 알 수 없으나 동물이라는 유선석 친근함 때문인지
성장 환경에서의 심적 변동 때문인지
상대적으로 덜 징그럽댄다. 편애도 나름이다.

소유권이 있는 건축물/토지를 점거하여
이를 주거공간 혹은 모임장소로 이용하는 것을
스콧Squat, Squatting이라 부른다.

스콧 (Squat)이란 '불법거주하다'
라는 뜻을 가지고 있는 단어로,
도심의 방치되거나 비어있는 공간을 예술로써
부활시키는 문화운동으로 자리 잡았다.

꽉 찬 만큼 텅 빈 도시에서
불 꺼진 건물들을 보고 있자면
빈집이 저렇게 많은데 내 방 하나 없나?
싶은 자들의 자연스러운 움직임 같기도 하다.

집 안 구석구석을 알뜰하게 점거하여
살아가는 걸 보면, 어쩌면 그들이
스쾃팅의 선두주자일지도.

그래서인지, 자의건 타의건 이런
남의 피땀 흘려 지은 집을 철거할 땐
악당 용역이 된 것 같아 기분이 영 좋지 않단다.

질리는데?
여기선
살 만큼
살았는데?

컵

과한 찬양이래도 할 말은 없지만,
8-10시간 중노동을 해 지은 집을
이사가 필요하면 다시 먹기도 하고.

방 잘 썼습니다~

아이고
깨끗하게도
정리하셨네···

그야말로 제로웨이스트의 삶이다.
화자가 그만큼 남김없이 다녀갈 수 있을까?

우리 집은···
어, 그래도 2층집에···
마당도 있었으면 좋겠고···
서재··· 침실, 부엌도 크게···
거실에는 화분도 좀 두고···
테라스에서 커피도 마시고 싶고···

그럴 리가.

그들을 보면 공존을 몸으로 학습할 수 있다.
필요한 만큼만 꼭 쓰고 가는 야무진 생이다.
누가 물으면 꿈이 거미라고 해도 될 정도로.

이때까지 화자 모르게 그들이 해결해준
다른 지층 거주자들이 몇이나 되리오.
감사 또 감사다.

내일의집

누가 불어도
안 날아가요!
셋째 돼지 집

최신 트렌드
제로웨이스트 홈
설치부터 철거까지
시공자가 다 해드립니다.

집이 밥 먹여주니?
응!! 이 집은 해 줘!

10:00

9.
지층거주자

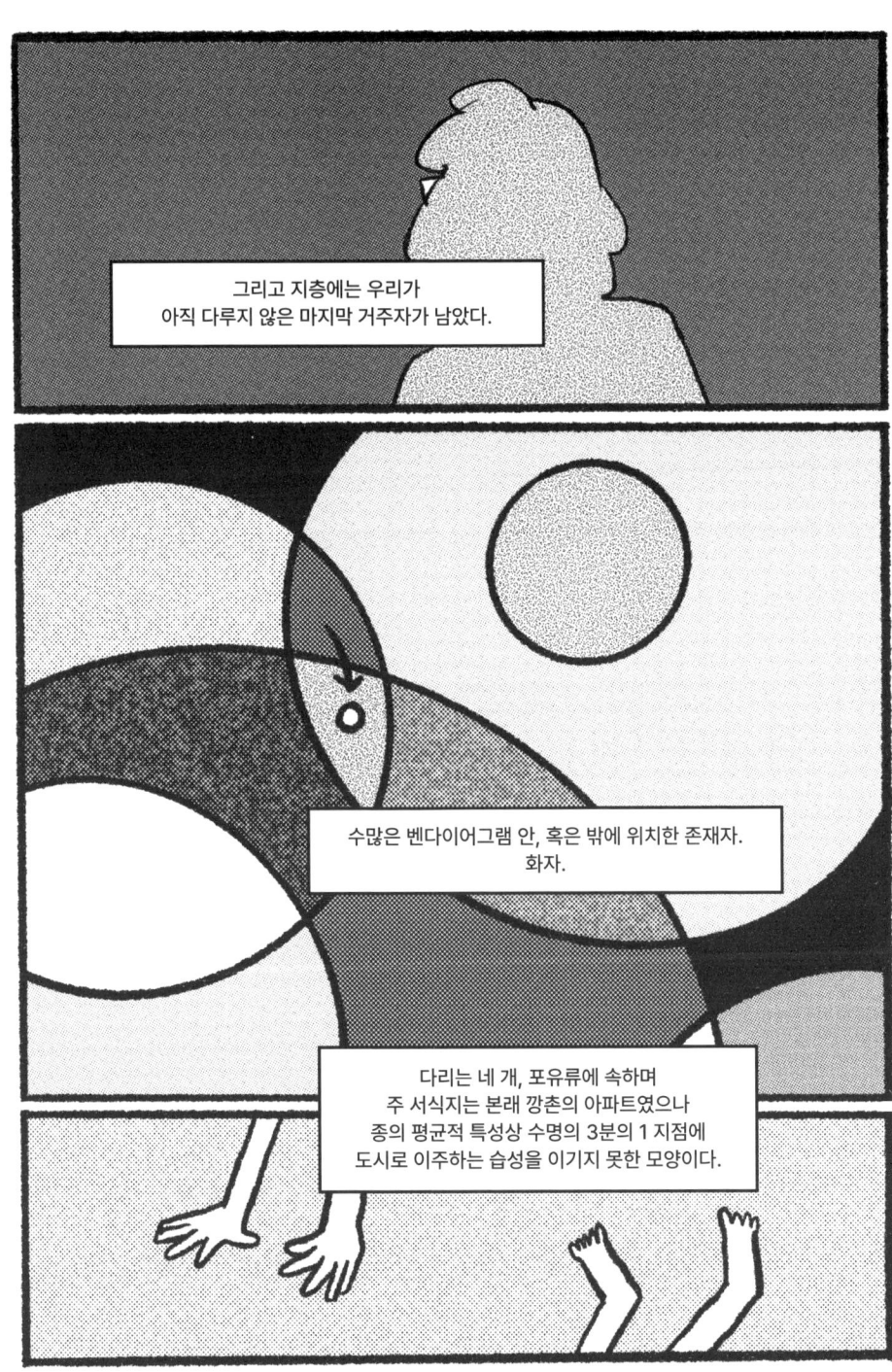

그리고 지층에는 우리가
아직 다루지 않은 마지막 거주자가 남았다.

수많은 벤다이어그램 안, 혹은 밖에 위치한 존재자.
화자.

다리는 네 개, 포유류에 속하며
주 서식지는 본래 깡촌의 아파트였으나
종의 평균적 특성상 수명의 3분의 1 지점에
도시로 이주하는 습성을 이기지 못한 모양이다.

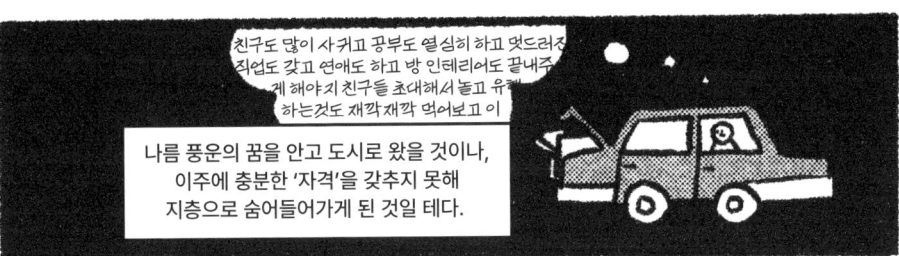

친구도 많이 사귀고 공부도 열심히 하고 멋드러진 직업도 갖고 연애도 하고 방 인테리어도 끝내주게 해야지 친구들 초대해서 놓고 유제하는것도 재깍재깍 먹어보고 이

나름 풍운의 꿈을 안고 도시로 왔을 것이나, 이주에 충분한 '자격'을 갖추지 못해 지층으로 숨어들어가게 된 것일 테다.

결국 게으른 그가 하는 가장 많은 상호작용은 방 안까지 친히 찾아와 주시는 지층거주자들과의 감정적, 신체적 대화가 되어 버렸다.

촌것의 객기는 상경한 지 몇 달 만에 사그라든다. 시골의 곤충들은 집 밖 타자였고, 상관하지 않아도 되는 남일 뿐이었다.

그러나 지층의 방문자들은 상관하지 않으면 존폐의 위협을 느끼게 했지.

저기 여기 우리 집이예요··· 나가 주시겠어요 제발

'우리' 집?

누가 그래요?

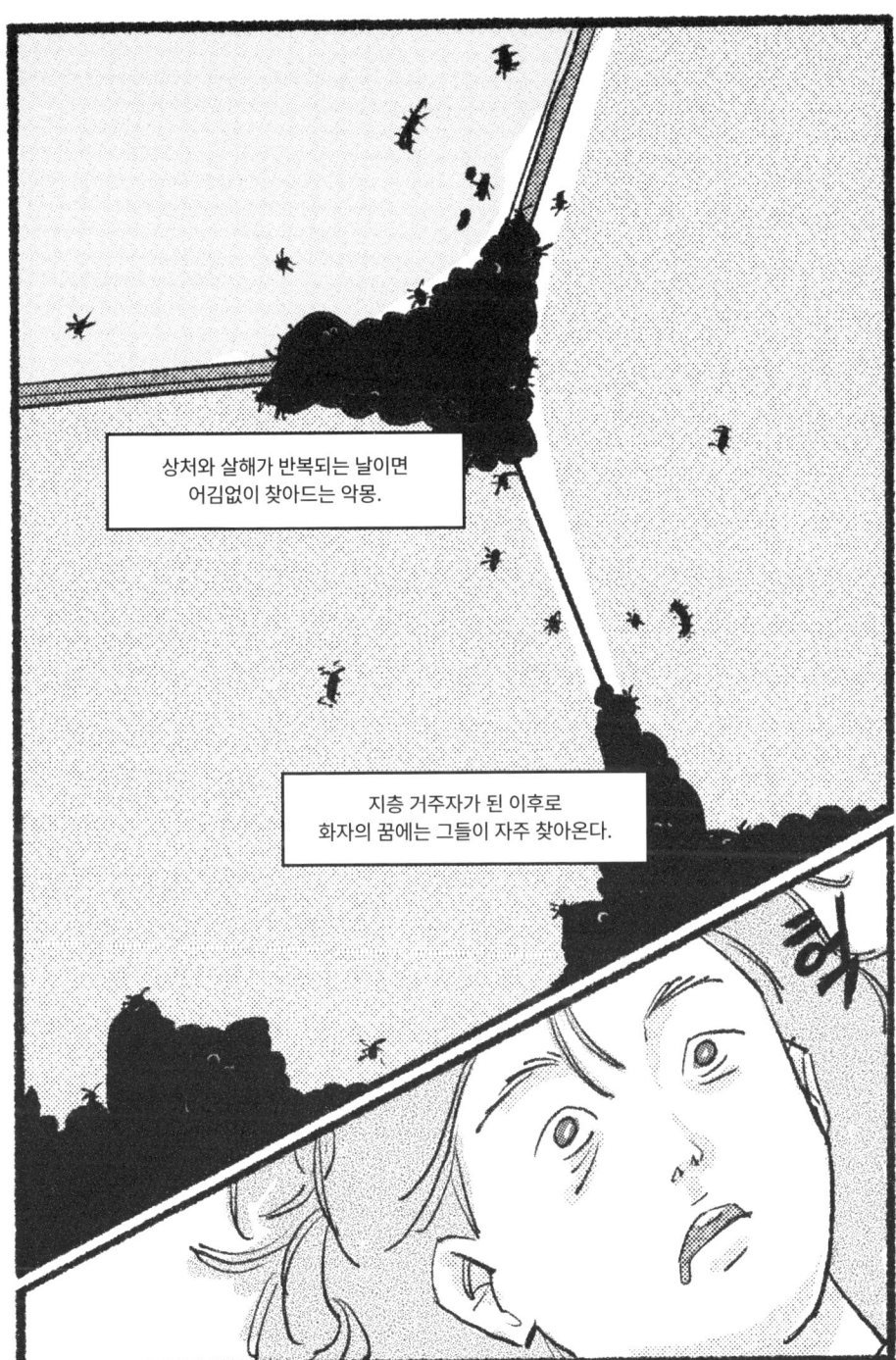

상처와 살해가 반복되는 날이면
어김없이 찾아드는 악몽.

지층 거주자가 된 이후로
화자의 꿈에는 그들이 자주 찾아온다.

화자가 살생부를 적는 이유는
기록과 참회를 위해서도 있겠지만

납득할 수 있는 일관된 논리와
각 상황을 위한 매뉴얼이 있다면
덜 힘들지 않을까? 하는 마음일 테다.

물론 답이 나올 리가.

일상이 된 살해의 기억들은
지워지지 않는다.

화자는 끊임없이 기억할 수밖에 없다.

배수구로 떠내려보낸 집게벌레를,

손가락 사이에서 터져나간 초파리를,

살충제를 맞고도 한참을 달려가던 바퀴의 뒷모습을.

당연하게도,
정당화되는 학살같은 건
없으니까.

무거운 짐을 끌고
언덕을 올라가는 노인에게,

지하철을 타지 못해
목소리를 내는 사람들에게,

쓰레기봉투를 뒤지는
족제비에게,

꽁초로 집을 짓는
박새에,

135

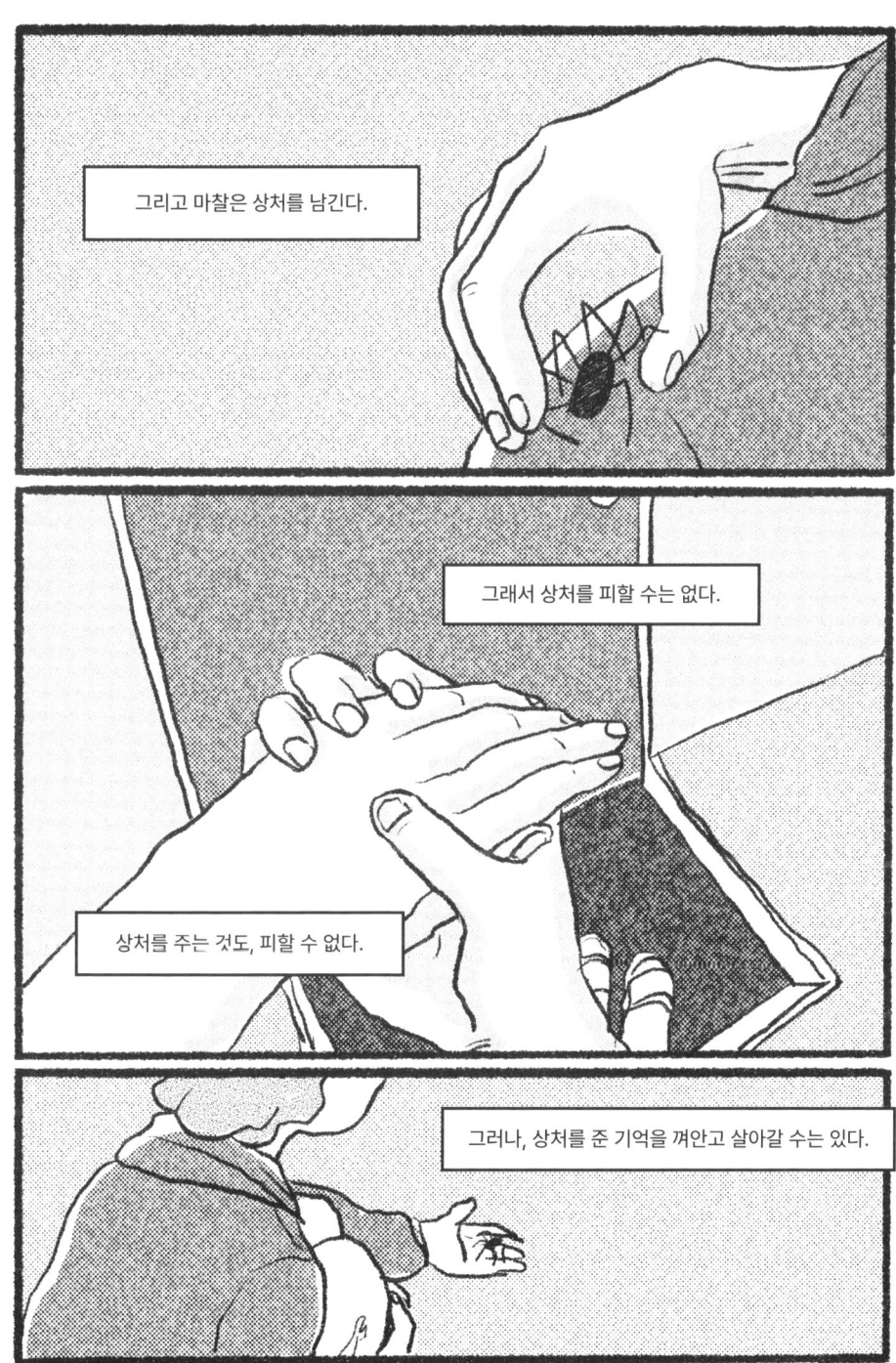

이상은 지층거주자의 수기手記다.

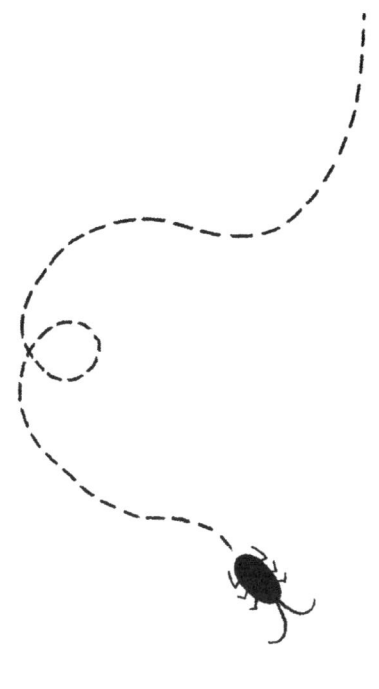

지층거주자
:반지하로부터의 수기

ⓒ절자

초판 1쇄 발행일   2026년 3월 30일

글, 그림 절자
펴낸이   이문용
편집   복일경, 조주호
디자인   절자
펴낸곳   도서출판 세종마루
등록제   2023-000012호
주소   세종시 마음로 322, 2201-602
전화   0507-1432-6687
이메일   sjmarubook@gmail.com

ISBN   979-11993183-8-0(03810)

이 책은 한국만화영상진흥원의 <2024 다양성만화지원사업> 선정작입니다.